소중한 사람에게
주고 싶은 책

오늘의작은책 1-6

소중한 사람에게 주고 싶은 책

1판 1쇄 발행일 | 2006년 09월 29일

1판 2쇄 발행일 | 2008년 04월 15일

엮은이 | 윤영
펴낸이 | 최순철
펴낸곳 | 오늘의책
마케팅 | 임정섭, 김성룡
총무부 | 한상희
책임편집 | 김은희
디자인 | 유정화

주소 | 서울시 마포구 서교동 452-10호
전화 | 322-4595~6
팩스 | 322-4597
전자우편 | tobook@unitel.co.kr
홈페이지 | www.todaybook.co.kr
출판등록 | 1996년 5월 25일(제10-1293호)

ISBN 89-7718-275-1　04800
　　　 89-7718-131-3　(세트)

책값은 뒤표지에 표시되어 있습니다.
잘못된 책은 구입한 곳에서 바꾸어드립니다.

"책 속에 지식이 있습니다."

"삶에 있어 가장 보람된 것은 책과 벗하는 일이다."
라는 선인의 말씀이 있습니다.

네이버와 작은도서관만드는사람들이 드리는
「가장 소중한 선물」인 이 책을 「가장 소중한 사람」과
돌려가며 읽으시기 바랍니다.

읽으신 후 ⬤NAVER 「책읽는버스」
해피로그
http://happylog.naver.com/readersclub.do나
「작은도서관만드는사람들」 홈페이지
(www.readersclub.or.kr)에 소감을 남겨주시면
따뜻한 격려로 오래도록 기억하겠습니다.

소중한 사람에게
주고 싶은 책

윤영 엮음

세상은 무한히 넓으면서도 한편으로는 좁습니다. 낮은 긴 것 같으면서도 짧습니다. 행복은 남의 것인 동시에 나의 것도 될 수 있다는 가능성에 우리의 정열은 용솟음칩니다. 기복이 심한 이런 인생 행로에서 우리는 웃기도 하고 울기도 하며 살아가는 것이 아닙니까. 덮어놓고 인생을 슬픈 것으로만 생각할 필요는 없을 것 같습니다. 그렇다고 무턱대고 인생을 기쁜 것으로만 생각해도 곤란할 것입니다. 나는 생각합니다. 슬프면 슬픈 대로, 기쁘면 기쁜 대로 살아보는 것도 괜찮으리라고.

거친 마음의 영토에 사랑의 꽃이 피어날 때 슬픔과 고독에서 벗어나 행복해질 수 있습니다. 이러한 사랑으로 이웃의 허물을 덮어 줄 때 세계는 달라질 것입니다. 보이는 것 하나하나가 새로운 의미와 새로운 환희로 다가설 것입니다.

차례

글머리에

성긴 눈처럼 외로운 날에는

외로움이 성긴 눈처럼 흩날릴 때
돌덩이처럼 무거운 슬픔이 나의 작은 가슴을 눌러 옵니다.
우리들이 마음 다하여 사랑한 사람도
한없이 가슴 저리도록 그리워한 사람도 모두 남겨 두고
홀로 쓸쓸히 내 안에 잠깁니다.

밤은 눈부시게 찬란합니다. 총총한 별들이 반짝이는 밤은 성스럽고 위대합니다. 그리고 하루의 피곤을 풀고 편안하게 쉴 수 있는 밤은 고요하고 아름답습니다.

언제나 아늑하고 포근한 위안을 주는 내 마음의 안식처인 밤은 우주의 영원한 침묵 앞에 무기력한 인간들을 어머니의 품처럼 정답게 안아 줍니다. 우리에게 밤이 없다면 그 얼마나 괴로울 것인가를 생각해 봅니다. 나의 피곤한 몸을 뉠 수 있는 밤이 있다는 것은 얼마나 행복한 일인가 하고 생각해 봅니다.

밤은 찬란합니다. 별들이 총총한 밤은 나에게 편안함을 줍니다. 아늑하고 포근한 밤의 위안을 받으며 나는 내일의 설계를 해야겠습니다. 멋진 내일의 설계를.

 소중한 사람에게 주고 싶은 책

오늘 하루도 흐르는 시간 속에 묻어 우리가 알지 못하는 사이에 허무하고도 빠르게 지나갑니다.

우리들의 많은 바람과 그리움, 아쉬움과 서글픔을 커다란 어둠으로 휩싸안은 채 소리 없이 또 하루가 갑니다.

하늘을 바라보다 지쳐 버린 어린아이처럼, 어둠을 한아름 안고 돌아온 우리들의 피곤한 얼굴 얼굴에, 인생은 그런 거라는 듯 주름살이 조금 더 깊어 갑니다.

하루가 다할 무렵이면 끝없는 길을 덧없이 걸어가는 나그네처럼, 무언가 까닭 모를 서러움과 아쉬움이 이렇듯 우수수 몰려 듭니다.

오늘 하루가 다했을 때, 어둠이 그 커다란 날개를 펴고 조용히 내려앉으면, 그토록 거칠고 소란하던 세상도 포근히 잠든 숨결 소리를 듣습니다.

하지만 이 밤, 이 고요한 시간에 헤아릴 수 없이 많은 지붕 밑에 아직 잠들지 못한 가난한 그림자들이 창가에 어립니다.

무엇인가 꼭 잃어버린 것만 같은 마음, 무엇인가 꼭 찾아 내고 싶은 마음, 우리의 하루하루가 헤아릴 수 없는 위대한 힘 앞에 조금씩 침식되어 가고, 우리들의 삶은 차츰 저 죽음이라는 알 수 없는 세계의 위력 앞에 조금씩 생명력을 잃어 가고 있습니다.

우리들이 마음 다하여 사랑한 사람도, 한없이 가슴 저리도록 그리워한 사람도, 그리고 미워하던 사람들도 모두 그대로 남겨 두고, 저 어둡고 낯선 곳으로 홀로 쓸쓸히 사라져 가게 됩니다.

우리들이 피땀 흘려 거둔 곡식도, 우리들이 공들

여 쌓은 탑도, 지금까지 모아 둔 모든 재산도 고스란히 대지 앞에 돌려주고 가야 합니다. 하루가 끝나가는 이 시간, 인생이 끝나가는 시간도 이와 같을 것입니다.

우리가 까닭 없이 느끼는 아쉬움, 뭔가 잃어버린 듯 허전한 마음이 드는 것은 인생이 허무하고도 빠르게 지나가기 때문입니다.

지금 이 시간에도 홀로 외롭게 죽어가는 사람이 있을 것이며, 보람 없는 삶을 자책하며 쓴 술잔을 기울이는 사람도 있을 것입니다. 그리고 또한 이 시간에 인생은 허무한 것이므로 한 번밖에 주어지지 않는 욕망이나 마음껏 채워 보자고 허덕이는 사람도 있을 것입니다.

의미를 찾을 수 없는 인생, 죽음 앞에선 힘없는 인생이라고 쉽게 부정해 버려도 좋습니다. 어차피 인생은 그런 것입니다. 그러나 우리에게는 단 한 번밖에 주어지지 않는 것이기에 인생은 참으로 소중한 것이 아닐까요?

우리는 좀더 맑고 푸른 하늘과 좀더 싱싱하고 아

 소중한 사람에게 주고 싶은 책

름다운 꽃과 좀더 포근한 햇볕을 느낄 수 있도록
땅 속 깊은 곳으로부터 수액을 빨아올리는 저 나
무의 인고와 성실을 배웁시다.

외롭고 아쉬운 이 시간에, 서럽고 눈물겨운 이 시
간에, 덧없고 허망한 이 시간에, 차분하고 편안한
마음으로 눈을 감고 깊이 생각해 봅시다.

무엇 때문에 그런가. 산다는 것이 도대체 무엇이
기에 이렇게도 잠이 오지 않는, 가슴을 짓눌러 오
는 밤이 있는 것인가. 그것은 우리가 어떤 절차나
격식에 따르지 않고 서둘러 결과만을 보려고 하
기 때문입니다. 마음이 비어 있는 사람일수록 실
속은 없으면서 겉으로만 보기 좋게 꾸미려 듭니
다. 무덤 앞에 놓인 꽃은 아무리 아름다워도 소용
이 없습니다.

우리는 모두 이 대지 위를 그저 스쳐가는 바람임을 알아야 합니다. 우리가 이 세상에 오기 전에도 대지는 있었고, 우리가 멀리 가버린 뒤에도 저 쏟아져 내릴 듯이 많은 별들은 남아 있을 것입니다.

우리는 이제 스스로의 마음 속에 신념을 키워야 하겠습니다. 지금 당장 이 세상의 종말이 온다고 해도 내가 망설임 없이, 두려움 없이 붙들고 의지할 수 있는 신념. 그것은 무엇이라도 좋을 것입니다.

괴로움과 외로움, 그리고 아픔을 외면하거나 미워하지 맙시다. 보다 너그럽고 깊은 마음과 관대함을 지니고 이 모든 것을 하나도 빠짐없이 자기의 것으로 생각하며 따뜻하게 사랑합시다. 내 몸의 소중한 일부처럼 나의 것으로 만듭시다. 그렇게 할 때 우리는 괴로움과 고통과 번민 역시 삶에 있어서 무엇보다도 소중한 것임을 깨닫게 될 것입니다.

이 밤, 잠들지 못하고 한숨지으며 꿇어 앉아 있는 사람들이여. 눈을 들어 창 밖, 저 어둠 속에 외로이 서 있는 한 그루의 나무를 보십시오. 그리고 우리들은 결코 외롭지 않다는 것을 깨달으십시오. 한 사람 한 사람이 좀더 가깝게, 좀더 따뜻하게 느껴지는 이 고요한 시간에, 눈을 감고 깊이 생각하며 명상하는 시간을 갖도록 하십시오. 이 시간이야말로 오늘 하루 중 그 어느 시간보다도 소중한 시간임을 마음속 깊이 느끼며 기꺼이 잠들기를 바랍니다.

인생이란 의지할 곳 없는 외롭고 쓸쓸한 것인가 봅니다. 특별한 목적이나 이유도 없는데 무언가 알 수 없는 슬픔과 욕망, 노여움과 어리석음 따위가 나를 괴롭힙니다. 돌덩이처럼 무거운 슬픔의 덩어리가 나의 작은 가슴을 눌러옵니다. 그 슬픔은, 슬픔을 넘어서서 아프기까지 합니다. 그럴 때마다 나는 슬픔의 원인을 찾아 그것을 해결하려고 하지만 아무런 답도 찾아 내지 못하고 맙니다. 무엇 때문에 슬퍼해야 하는지 또 왜 슬퍼하지 않으면 안 되는지, 이런 생각을 한다는 것은 참으로 괴로운 일이 아닐 수 없습니다.

나는 밤하늘에 반짝이는 별을 바라봅니다. 맑은 눈동자처럼 빛나는 별을 바라보며 나는 깊은 사색에 잠깁니다. 깊어가는 밤하늘엔 은하수가 흐르고, 자연 속의 나무들은 검푸른 빛을 띠고 어둠 속에 조용히 서 있습니다. 밤하늘에 반짝이는 별들과 소리 없는 대화를 주고받는 것만 같습니다. 어찌 보면 나의 슬픔과 괴로움의 원인을 알 것도 같습니다. 무엇 때문에 인생이 이렇게 쓸쓸하고 외로운지를 깨달을 수 있을 것 같기도 합니다. 그러나 결국에는 문제의 실마리를 놓쳐 버리고 맙니다. 한번 놓치면 다시 찾을 길 없는, 사방이 산이나 강으로 둘러싸여진 미궁에 빠져 버립니다. 그래도 나는 실망하지 않고 다시 나의 슬픔과 괴로움의 원인을 찾아봅니다.

삶의 적막과 고독에 지친 마음을 스스로 위로해 보기도 하는 것입니다.

쓸쓸하고 외로운 인생이 새로운 희망과 즐겁고 기쁨에 가득 찬 영혼의 아침을 맞이하기를 기도하며, 나는 밤하늘에 반짝이는 별을 쳐다봅니다.

홀로 있어도 결코 슬프지 않은 밤과 낮이 있습니다. 홀로 있어도 행복한 시간이 있습니다.
한때 많은 사람들에게 둘러싸였던 사람도 언젠가는 홀로 있게 될 것입니다. 한때 부귀영화를 한몸에 지녔던 사람도 결국은 고독한 죽음과 맞서게 될 것입니다. 세상 사람들은 부와 명예 앞에서는 고개를 조아려 아첨합니다. 하지만 그 모든 것을 잃어버린 사람은 쉽게 외면해 버립니다.
이런 사람들과 부대끼며 살아가는 것이 인생이라고 생각하면 다시 슬퍼지곤 합니다.
그러나 세상에는 내가 슬플 때 나와 같이 슬퍼해 줄 사람이 없지는 않을 것입니다. 내가 기쁠 때 나와 같이 기뻐해 줄 사람도 어느 곳엔가 있을 것입니다. 그러한 희망이 있기 때문에 우리는 하루하루 살아가는가 봅니다.

시인은 고독하다고들 합니다. 그러나 시인뿐만 아니라 모든 사람들은 고독합니다. 어떤 사람은 강촌에 홀로 되어 살고 있을 것입니다. 어떤 사람은 좋은 집에 홀로 앉아 저무는 인생의 황혼에 눈물짓고 있을 것입니다.

강촌에 홀로 되어 살고 있을 그 어떤 사람을 나는 생각해 봅니다. 이제는 명예도 권력도 필요하지 않을 것 같습니다. 그저 조용히 서로 사랑하며 살아갈 수 있는 인생이라면, 그것으로 만족할 것만 같습니다. 서로 헐뜯으며 살기보다는 서로 웃으며 사는 것이 얼마나 나를 행복하게 할까? 그런 생각을 하다 보면 가슴이 두근거립니다.

우리는 결코 슬픔만을 배우지 않았습니다. 우리에게는 결코 불행만을 껴안고 살아가야 할 아무런 이유도 없습니다.

또한 우리가 행복해서는 안 될 이유도 없을 것입
니다.
강촌에 홀로 사는 사람을 그리워하며 내 자신이
서러워지는 시간도 있습니다.
그럴 때마다 나는 어수선하고 복잡한 도시의 한
가운데에 홀로 서 있는 존재같이 느껴지는 것입
니다.
그러나 고독하지 않은 밤이 있고, 외롭지 않은 시
간이 있습니다. 홀로 있어도 결코 울지 않는 화려
한 밤과 낮이 있습니다.

미소는 나의 천국입니다. 나는 미소 없는 하늘과 땅, 그리고 절망의 그늘이 싫습니다. 검은 골짜기에 흐르는 눈물이 싫습니다. 깨어진 영혼의 표정이 싫습니다. 비틀어진 마음이 싫습니다.

나는 왜 미소를 잃고 살아야 하는지를 생각해 봅니다. 나는 왜 눈물을 머금고 살아야 하는지를 물어 봅니다. 또한 내가 언제부터 영혼의 아름다운 표정을 잃었는지 더듬어 봅니다.

비틀어진 마음, 일그러진 마음으로 미소를 잃고 산다는 것은 너무나 괴로운 일입니다. 죽는 날까지 찡그린 표정으로 살아야 한다는 것은 너무나 두려운 일입니다.

가정에서 웃음이 사라진다는 것은 견디기 힘들 만큼 괴로운 일입니다. 우리 사회에서 미소가 사라질 때, 사회는 이루 말할 수 없이 참담하게 될 것입니다. 온 세상을 조건 없이 준다고 해도 나는 미소 없이는 살아갈 수 없습니다.

웃음을 바라보는 순간, 나의 마음은 환해집니다. 웃음을 마주하는 시간, 나의 마음에는 행복이 넘쳐 흐릅니다.

웃음을 터뜨릴 때 모든 불안은 그 자취를 감추고, 서로가 웃을 때 자기에게 해를 입힌 사람도 사랑하게 됩니다.

나는 꽃의 미소를 배우고, 꽃의 모습을 닮고 싶습니다. 쪽빛 하늘의 푸른 표정을 내 마음에 지니고 싶습니다.

넋을 잃은 듯한 정신에 혼을 불어 넣고, 투명하고 맑은 마음으로 나의 아름다움을 내보이고 싶습니다.

그러나 나는 진실하지 못한 미소와 방정맞은 웃

음을 좋아할 수는 없습니다. 속되고 천한 웃음 또한 좋아할 수 없습니다.

나는 때때로 웃고 싶지 않을 때 웃어 보이는 나 자신을 발견합니다.

억지로 웃어 보이는 웃음은 진정한 웃음일 수 없습니다. 마음이 아닌 얼굴이 꾸민 미소와 입술로 지은 웃음을 나는 믿을 수 없습니다.

나는 웃고 싶습니다. 억지로 웃는 웃음이 아니고, 웃지 않을래야 웃지 않을 수 없는 웃음, 가슴 깊은 곳으로부터 솟아오르는 웃음처럼 우리를 행복하고 유쾌하게 만드는 것은 없을 것입니다.

혼자만이 아닌, 우리 모두 같이 웃을 수 있는 그런 상쾌한 웃음을 나는 웃고 싶습니다.

나는 욕심이란 말을 생각해 봅니다. 욕심, 그것은 무엇이나 하고 싶고, 무엇이나 가지고 싶은 마음입니다. 이것이 인간의 본능적인 소유욕이라고 하는 것입니다. 인간이 생명을 유지하며 살아가는 것은 무엇이든 갖고 싶은 욕심에 의지하고 있기 때문이라고 누군가가 말했습니다.

만일 그것이 맞는 말이라면 약육 강식의 생존 경쟁은 인간 사회에 있어서도 아주 합리적인 일이 되고 말 것입니다.

오늘날까지 대부분의 강권주의자들은 더 잘 살기 위해서는 더 많이 가져야 된다는 사상을 우리에게 주입시켜 왔습니다. 힘센 자가 더 많이 가질 수 있다는 것도 강권주의의 또 하나의 원리가 되었습니다. 그리고 이제는 이것이 마치 인간들의 본능처럼 되어 버린 듯합니다.

힘과 힘이 맞서게 되면 반드시 싸움이 일어날 수밖에 없습니다. 사실 인간들의 모든 싸움은 어떤 의미에서 보면 마치 고기 한 점을 가운데 놓고 서로 그것을 먼저 먹으려고 하는 짐승들의 싸움과도 흡사한 것처럼 생각됩니다.

힘과 힘의 대결, 싸움과 싸움의 연속은 파멸과 죽음을 불러오는 것 외에 다른 결과는 가져 올 수 없습니다.

오늘 이 시간까지 욕심이 내게 가져다 준 것 중에 이로운 것은 하나도 없었습니다. 나에게 욕심을 불러일으켰던 모든 것들은 내 인생에 있어서 많은 실패의 원인이 되었던 것입니다.

다른 사람의 것을 가지려고만 하지 말고 내 것을 아낌없이 다른 사람에게 베풀고 살 수는 없는 것일까 하고 나는 지금 생각해 봅니다. 우리도 다른

사람에게 무엇이든 베풀며 살아야 하지 않을까
하고. 짐승들처럼 혼자만 차지하려는 무지한 욕
심을 버리고 살아간다면, 그 때에 비로소 살아가
는 인생의 참맛을 느낄 수 있을 것입니다.
나를 파멸과 죽음으로 몰아넣을지도 모를 저 욕
심의 덩어리를 버리고 이 밤을 편히 쉬어야겠습
니다.

진실은 가장 강한 무기요, 성벽이 됩니다. 진실이 정복하지 못한 세계가 없고, 진실이 허물어뜨리지 못한 성벽이 없습니다. 허위와 기만은 오직 진실 앞에서만 항복하는 것이며 교만과 허영은 진실로써만 꿇어앉힐 수 있는 것입니다.

사회가 혼란할수록 진실을 업신여기고, 기만과 허위를 찬양하는 법이지만 최후의 승리자는 오직 진실일 것이며, 최후의 월계관은 진실만이 쓸 수 있는 것입니다.

진실을 떠난 정의는 있을 수 없습니다. 진실을 거부하고는 성공이 없습니다. 진실을 멸시하고는 살 길이 열리지 않습니다. 진실된 삶이란 있는 사실을 솔직하게 말하고 사는 것입니다. 그것은 순수함 그 자체이며, 거기에는 참과 아름다움이 깃들어 있습니다.

끝없이 넓은 사막에서 오아시스를 만난 것처럼, 깊은 산골짜기에서 예쁘게 피어 있는 꽃 한송이를 발견한 것처럼, 우리는 점점 메말라가는 이 세상에서 진실을 찾고 진실한 사람을 만났을 때, 그 기쁨과 그 부드러운 느낌을 표현하기에 적당한 언어를 찾지 못합니다.

진실이 없는 곳에서는 정말 더 살아갈 수가 있을 것 같지 않습니다. 진실은 언제나 순수한 것입니다. 그러므로 진실은 사랑의 마음이며 또한 아름다움입니다. 진실이 있을 때 이 사회는 평화로울 것이며, 자연은 보다 아름다워질 것입니다. 허위와 기만, 가식과 허영이 자리하고 있는 곳은 오직 진실의 날개가 덮어 줄 때 참된 자유와 평화가 깃들 것입니다. 그러므로 우리는 날마다 진실하게 살아가야 할 것입니다.

어떤 사람이든지 돈을 좋아하지 않는 사람은 없을 것입니다. 그러나 돈은 삶을 윤택하게 하기 위한 수단 중 하나일 뿐이지 돈 자체가 인생의 목적은 아닐 것입니다. 이름이 세상에 널리 알려지는 것을 싫어하는 사람이 어디 있겠습니까? 그러나 세상에 보탬이 되는 보람 있는 일을 하지 않고 이름만 탐내는 사람만큼 슬기롭지 못한 사람은 없습니다. 소중하고 보람 있는 일을 남겨 놓는다면 자연히 그 이름은 먼 미래에까지 빛날 것입니다. 그러나 참다운 삶의 결실은 없이 이름만 남기게 된다면 그것은 어리석고 불행한 이름에 지나지 않을 것입니다.

일시적인 기분에 좌우되는 사람들이 어찌 쾌락의 단꿈을 싫다고 하겠습니까. 그러나 언젠가는 사라지는 쾌락, 순간적인 기분을 위하여 사는 삶이

얼마나 속절없고 무의미한 것인가를 우리는 누구
보다도 잘 알고 있습니다.

내게는 이 모든 것보다는 참으로 그리운 것이 있
습니다. 그것은 다름 아닌 진리입니다. 진리가 내
것이 될 때, 나는 비로소 사람이 무엇 때문에 사
는지를 알게 될 것입니다. 진리가 내게 주어질
때, 나는 돈이 무엇을 뜻하는 것인지 알게 되고
가치 있는 이름이 어떤 것인가를 알 수 있으며,
일시적 쾌락이 아닌 진정한 행복을 얻을 수 있을
것입니다. 모든 것을 다 팔아서라도 진리를 얻고,
온갖 것을 바쳐서라도 진리를 찾고 싶습니다.

나는 생의 참됨이 없이는 살아갈 수가 없습니다.
그리고 언제까지나 빈 항아리와 같은 삶을 살아
갈 수는 없습니다. 참된 이치는 나의 삶을 순수하
게 해 줄 것이며, 그 진리의 날개로 저 푸른 참과

자유의 크고 넓은 하늘로 이끌어 줄 것임에 틀림 없습니다. 나는 이미 진리의 순례자가 된 지 오래 되었습니다. 하지만 내 이성의 눈은 끝없는 우주 속 진리의 별들을 세어 보기에 피곤해졌고, 내 양심의 빛은 어둠을 밝히기에는 너무나 작아졌습니다. 한 발자국의 자유의 발걸음을 내딛기 위한 결단과 실행에 망설이게 되었습니다. 왜 그렇습니까. 무엇 때문에 나는 이렇게 피곤하고 삶의 무거운 짐에 허덕이고 있습니까. 나는 잘 알고 있습니다. 이 모든 것은 내 안에 진리가 없기 때문입니다. 그렇습니다. 진리의 빛과 생명이 없는 나의 삶은 아무것도 아닌 것입니다. 누가 진리를 간직하고 있습니까. 누가 진리를 가르쳐 주고 있습니까. 물론 작은 빛도 빛임에는 틀림이 없습니다. 그러나 오늘 우리들은 등잔의 불빛이나 촛불로써 만족할 수는 없습니다. 진리의 태양이 생명을 주어야 하고, 역사의 황혼기를 밝혀 주어야만 합니다. 어둡고 캄캄한 대륙을 걸어가야 하는 우리에게는 반드시 진리의 빛이 필요하기 때문입니다.

살아가면서 가장 걱정스럽고 불행하게 생각되는 일이 있다면 그것은 정의가 불의에 함부로 침해당하는 일입니다. 정의는 진리에 맞는 올바른 도리이기에 불의에 정복당하거나 침해당하는 일은 있을 수 없을 것 같습니다. 그러나 여전히 정의가 불의에 짓밟히고 마는 것은 무엇 때문입니까.

정의는 정의이기에 언제나 내용과 목적을 먼저 보여 줍니다. 그러나 불의는 무엇을 얻기 위한 방법만을 생각하고, 때로는 옳지 못한 수단까지도 사용합니다. 내용이나 목적보다 귀하고 중하게 여겨지는 수단이나 방법이 언제나 진실한 정의가 되지 못함은 바로 이런 이유 때문이 아닌가 합니다.

불의가 갖는 수단과 방법 중에는 옳지 못한 것이

많습니다. 우리는 '양의 가죽을 쓴 늑대' 라는 말을 종종 듣습니다. 늑대가 늑대로서 나타나면 불의의 목적을 이룰 수 없기 때문에 양의 가죽을 쓰고 나타나는 것입니다. 약하고 온순하고 부드러운 것처럼 위장하고 언제나 자기는 양이라고 말하는 것입니다. 그러나 정작 그 가면 속에는 온갖 나쁜 일을 계획하는 늑대가 날카로운 이빨을 번뜩이고 있는 것입니다.

이런 이야기를 듣게 되면 많은 사람들은 놀라면서 자신은 그러한 불의의 창조자는 아니라고부정합니다. 자신은 결코 그렇게 나쁜 사람이 아니라고 말합니다. 그러나 모든 사람들이 자기는 늑대가 아니라고 생각하고 있는데, 왜 우리가 사는 사회에는 악과 불의가 가득한 것입니까.

왜 우리는 모든 사람이 양의 가죽을 쓴 늑대처럼

보이며, 안심보다 의심을 먼저 하고, 믿기 전에 시험해 보며, 사귀기 전에 비판해 보는 것입니까. 왜 우리 사회에는 믿음이 없고, 정치 세계의 대립은 끝없이 이어지고, 교육과 종교계까지도 혼란해져 가고 있습니까. 모든 사람들이 자기는 틀림없는 양이라 생각하는데 이 수많은 늑대들은 어디서 온 것입니까.

그러나 깊이 생각해 본다면, 나 자신이 늑대가 된 것은 아닐까 하고 반문해 볼 수 있을 것입니다. 내가 정의를 짓밟는 불의를 만든 장본인일 수도 있습니다. 사회와 이웃을 마음대로 짓밟아 버리는 큰 불의는 행하지 않았다고 하더라도 작은 늑대의 마음씨가 내 속에 자라고 있는 것은 아니었습니까. 우리는 민주법칙을 오히려 양의 가죽으로 삼고 있는 것은 아닙니까. 우리는 지도자라는 간판을 가죽으로 삼는 것은 아닙니까. 권력의 불의를 정당화시키기 위해 우리는 또 어떤 구실을 기만적인 늑대처럼 둘러대고 있는 것은 아닙니까. 소크라테스를 죽인 무리들은 그 일을 정당화하기 위하여 다수를 만들었으며, 그리스도를 십자가로 보낸 대중들은 신성자의 이름을 빌렸던 것입니다.

이제 우리는 남보다 자기 자신을 돌아보아야 하고, 타인을 비판하기 전에 스스로를 생각하고 신중하게 행동해야 하며, 먼저 내 마음에 자라는 불의의 씨앗을 소멸시켜야만 하겠습니다.

마음의 빛을 찾아 떠나는 여행

밤하늘에 반짝이는 별이 없어도
나는 노래를 부를 수 있습니다.
언제나 내 마음이 달밤일 수 있고
푸르른 빛으로 빛나는 별자리일 수 있기 때문입니다.

거울은 마음에도 있습니다. 벽에 걸린 거울은
내 얼굴만 비추어 주지만, 내 마음의 거울은 나의
모든 행동을 하나도 빠짐없이 비추어 줍니다.
가만히 가슴에 손을 얹고, 그리고 내 마음의 거울
에 내가 지낸 오늘 하루를 자세히 비추어 봅시다.
때묻은 얼굴과 찢어진 옷자락이 보입니다. 일그
러진 얼굴, 흐트러진 머리카락도 보입니다.
거울은 무서울 정도로 정직합니다. 그러나 거울
은 있어야 하고 자주 보아야 합니다. 거울 속에
비친 얼굴을 다시 곱고 단정하게 매만져 봅시다.
우리가 아침에 세수를 하고 나서야 밖에 나가는
것처럼 날마다 마음의 거울을 들여다보고 거기에
비친 자신의 모습을 다시 깨끗하게 닦아 놓아야
하겠습니다.
요즘 숙녀들은 어디를 가서 앉든지 우선 거울을

꺼내 봅니다. 식당에서도, 버스 안에서도 부지런히 거울을 꺼내 봅니다. 그리고 얼굴을 정성스럽게 매만지는데 그것은 매우 좋은 일입니다. 자주 보고 자주 닦으니, 그 얼굴들이 아름다울 수밖에 없습니다.

도시 여성의 아름다움은, 아니 현대 여성의 아름다움은 아마 거울을 보는 데서 이루어진 것인가 봅니다. 그런데 이 좋은 습관으로 마음의 거울을 들여다보도록 해야 합니다. 하루에 한 번만이 아니라, 어디를 가나, 앉으나 서나 고요히 내 마음의 거울에 나의 행동, 나의 깊은 생각, 나의 인생을 비춰보고 부지런히 닦아 내야 하겠습니다.

아무리 훌륭한 다이아몬드라고 해도 닦지 않으면 빛이 나지 않는다고 합니다. 그렇듯이 아무리 좋은 인품과 많은 지식을 가지고 있고, 세련된 모습

을 하고 있다고 하더라도 자주 그 마음의 거울에
자기를 비추어 보고 씻어 내고 닦아 내지 않으면
훌륭한 인격의 소유자가 될 수 없습니다.
마음의 파괴는 나를 비추어 볼 거울이 깨어짐을
의미하는 것입니다. 그러므로 가장 무서운 것은
양심이 파괴되는 것입니다. 양심을 잃어버린 다
음에는 인격도 없어집니다.
양심이 깨어진 다음에는 아무리 애를 써도 자기
를 찾아 낼 수가 없습니다. 자기를 차분히 살펴보
지 못하고 서두르는 사람은 자기 마음속의 거울
을 보지 못했거나 양심의 거울이 깨어진 것입니다.
거울도 없이 무엇을 보고 아름다움을 꾸밀 수 있
겠습니까. 그러므로 마음의 거울, 양심의 거울을
소중히 간직해야 하겠습니다.

달이 구름에 가리우고, 별이 반짝이지 않아도
안타깝지 않은 밤이 있습니다. 내 마음속에 그보
다 더 밝은 그 무엇을 가지고 있을 때면 나는 달
이 없는 밤도 외롭지 않습니다.

어두운 밤하늘에 별이 반짝이지 않아도 나는 노
래를 부를 수 있습니다. 달이 구름에 가리워 보이
지 않고, 어둠이 별빛을 삼켜 버릴지라도, 그것들
을 잊지 않고 항상 마음속에 지니고 있으면, 언제
나 우리 스스로가 달밤일 수 있고 푸른 빛으로 빛
나는 별자리가 될 수 있기 때문입니다.

언젠가 우리는 달이 없는 밤길을 걸었습니다. 그
리고 별이 없는 어둠 속을 헤매인 적도 있습니다.
달도 없고, 별도 없는 밤을 몹시 서러워하며 살아
왔습니다.

밝은 대낮에도 마음에 빛이 없으면 슬픈 것입니

다. 태양과 마주보고 있어도 빛이 없는 영혼엔 어둠이 서려 있습니다. 예전이나 지금이나 하늘엔 해와 달과 별이 어둠을 밝히고 있습니다. 그러나 달과 별이 빛을 잃고 있는 마음은 언제나 밤이요, 어둠입니다.

빛을 잃은 마음, 빛을 멀리하고 사는 마음처럼 비참한 인생은 없을 것입니다. 나의 마음이 빛을 잃었을 때 나는 어둠의 자손이었고, 나의 생각이 밝은 빛을 멀리 했을 때 나는 밤의 노예였습니다. 어둠의 자손은 빛을 싫어한다는 성경구절처럼 빛이 없는 삶의 그늘에서 힘에 겨워 괴로워하는 나의 모습을 생각하는 것만으로도 몸서리쳐집니다. 나는 밝고 환한 빛의 세계를 마음속으로 못내 그리워하고 있습니다. 하늘에 해와 달과 별이 있듯이 내 마음의 하늘에도 빛나는 해와 달이 뜨기를

나는 기도하고 있습니다. 이 간절한 기도마저 없
다면 나는 어둠 속에 묻히고 말 것입니다.

확실히 세상에는 기쁜 사람보다 슬픈 사람이 더 많은 것 같았습니다. 행복한 사람보다 불행한 사람이, 뜻대로 되는 일보다 뜻대로 되지 않는 일이 더 많은 것이 현실입니다.

그러나 우리는 덮어놓고 세상을 나무라고 사회에만 그 책임을 돌릴 수는 없습니다. 물론 어떤 경우에 있어서는 내가 하는 일을 방해하고 나에 대한 음모를 일삼는 사람이 없는 것은 아니지만, 나역시 그와 같은 인간들과 별로 다르지 않다고 생각할 때, 나는 인간이라는 것이 서글퍼지고 인간이라는 것을 미워하지 않을 수 없습니다. 차라리 한 송이 꽃, 한 포기의 풀이었으면 좋겠다고 말하는 사람을 간혹 볼 수 있습니다. 그 아름다운 뜻과 깨끗한 마음을 이해 못하는 것은 아니지만, 정말 우리가 한 송이 꽃이나 한 포기의 풀이었다면,

그것으로 만족하고 생명의 의의를 다할 수 있을
지는 의문이 아닐 수 없습니다.

파스칼의 말대로 한 그루의 나무는 자기의 비참
함조차 깨달을 수 없기 때문입니다. 자신의 비참
함을 깨달을 수 있다는 데 인간의 위대함이 있다
는 그의 말대로, 우리는 삶 속에서 생기는 온갖
슬픔이나 괴로움의 의미를 아는 데서 살아가는
보람을 찾아야 하지 않을까 생각해 봅니다.

"나는 마음껏 남의 오해를 받아 보고 싶다. 그것
이 얼마나 괴로운 것인가를 알기 위해서. 나는 마
음껏 울어 보고 싶다. 그 고통이 얼마나 큰 것인
가를 이해하기 위해서……" 이런 말을 한 종교인
을 나는 기억하고 있습니다. 가난에 빠진다는 것
도 견디기 어려운 고통임엔 틀림이 없습니다. 가
난을 겪어 본 사람만이 가난한 사람의 서러움을

안다는 사실을 놓고 볼 때, 우리가 보다 인간답게
살기 위해 한 번은 겪어야 할 인간의 소중한 체험
중의 하나라고 생각합니다. 그렇다고 굳이 가난
해질 필요까지는 없지만, 나는 현재의 가난에서
그 무엇인가를, 나에게 도움이 될 수 있는 어떤
것을 터득하고 싶습니다.

고요한 밤입니다. 적막이 끝없이 흐르는 깊어 가는 밤입니다. 시간이 영원에 맞서다가 차마 견디지 못하고 넘어져 버린 고요하고 쓸쓸한 밤입니다. 시간에 사로잡혀 있는 우리들에게는 이러한 밤을 통해 영원을 찾아가 보는 것도 좋을 것입니다. 눈을 감고 귀를 닫으면 시간은 멈추어지고, 사람이 이 세상을 살아나가는 일이 오로지 순수하게만 생각되는 밤입니다.

비록 보잘 것 없는 사람이라도 이 영원의 문 앞에 서서 다시 옷깃을 여며 봅시다. 잠시 끼었다가 사라지는 아침 안개와 같이, 잠시 빛나고 사라지는 아침 이슬과 같이, 순간에 매여 허덕이는 하루하루의 생활이 내게는 너무도 힘들고 허무하였습니다. 땀을 흘리고 애를 태운 일들도 모두 순간만을 위한 것들, 세월과 더불어 무너지고 사라져 버리는 허무한 일들뿐이었습니다.

다른 것들과 대립되거나 비교되는 조건 위에서 이루어지고 생겨난 일들은 모두 변조되고 사라지는 일들뿐인 것입니다. 육체는 말라 버리는 풀과 같고, 인생의 모든 영화는 시간이 흐르면 시들어 떨어지는 꽃과 같은 것입니다. 어디에도 영원함이란 없는 것입니다.

그러나 내 생명은 영원함을 바랍니다.

영원함은 절대적이기 때문입니다. 한 푼의 돈, 한 벌의 옷을 남기기 위해서가 아닙니다. 내 삶의 기록에 가치 있는 발자취를 남기기 위해서입니다.

눈앞에 있는 한 그릇의 밥 때문에 영원히 남을 나의 이름을 더럽히지 말아야 할 것이며, 십 년도 못 가는 세도와 명성을 얻어 보려고 영원토록 이어질 내 삶의 기록 위에 먹칠을 하지 말아야 하겠

 소중한 사람에게 주고 싶은 책

습니다.
밤의 적막이 두 팔을 벌린 어머니처럼 내 온몸을 감싸안고 있습니다. 여기 옷깃을 여미고 다시 하루의 삶을 기약하며, 고운 꿈 속에 잠들어 보렵니다.

우리가 슬픔을 안고 살아간다고 해서 반드시 불행한 것만은 아닙니다. '참된 기쁨엔 참된 슬픔이 있고, 참된 사랑엔 참된 미움이 있다' 라는 실러의 말도 있습니다.

우리 인간의 삶에는 슬픔이 없을 수 없습니다. 슬픔을 기쁨의 어머니라고 표현한다면 너무 지나칠런지 모르지만, 어쨌든 슬픔과 기쁨을 서로 나누어서 생각한다는 것은 있을 수 없는 일입니다.

눈물이 말라 버린 인간은 인간의 정을 잃어버린 화석과 같은 존재입니다. 가슴 깊은 슬픔과 한 방울의 눈물로 인해 사람은 사람의 정을 느끼게 되는 것입니다. 사람이 천사나 짐승이 아닌 바에는 가슴에 슬픔이 있어야 하고, 눈시울에 눈물이 배어 있어야 합니다.

인간이 살아간다는 것 자체가 이미 하나의 슬픔

과 설움이라는 것을 알고 있으면서도 슬픔을 안고 산다는 것은 인생을 알고 산다는 것입니다. 인간이 온갖 생의 굴곡과 기복을 겪으면서 이마에 주름이 잡혀 가는 모습은 정말 처량하지 않을 수 없습니다. 이러한 스스로의 모습을 바라보고도 한 방울의 눈물도 없다면 거기엔 종교도 없고 또 삶의 의미도 없을 것입니다.

우리들은 오늘 하루가 우리에게 많은 슬픔을 주었다고 하더라도 이것을 불행이라고 단정짓지는 말아야 합니다. 인생을 더 아름다운 것으로 만들기 위해 삶을 조각하고 수놓는 과정이라 생각하고, 슬픔의 참맛을 더 깊이 이해해야 합니다.

오늘날의 이 거친 사회를 바라보고도 한 방울의 눈물도 없다면 그 인간을 무엇에 쓸 것입니까. 또한 인생의 깊숙한 곳에 잠재한 생의 고뇌를 슬퍼

하지 않는 사람을 어찌 사람이라 할 수 있겠습
니까.
슬픔으로 인해 인생을 알고, 흐르는 눈물에서 종
교를 찾는 것을 보면, 모든 아름다움과 착함과 진
실됨은 아마 슬픔의 산물인지도 모르겠습니다.
아름다움이란 기쁨과 슬픔, 웃음과 울음을 잘 조
화시켜 놓은 데 있는가 봅니다. 그러므로 슬픔을
결코 불행으로만 생각하지는 말아야 합니다.
나는 이제 참된 기쁨엔 참된 슬픔이 있고, 참된
사랑엔 참된 미움이 있다는 실러의 말을 다시 한
번 생각하면서 이 밤을 보내려 합니다.

누구보다도 고독하다고 느끼는 사람은 세상에서 가장 불행한 사람 중 하나일 것입니다.
자기의 뜻을 알아 주는 사람이 없고, 넘쳐 흐르는 마음을 이야기할 곳도 없을 뿐만 아니라 삶의 뼈저린 서글픔을 나눌 사람도, 삶의 피어오르는 즐거움을 같이 할 사람도 없다면 그 얼마나 불행한 삶이 되겠습니까. 그러나 마음을 나눌 수 있는 사람이 없어 고독한 것도 불행이지만, 마음을 나누던 친구를 잃어버린 고독보다는 덜할 것입니다.
우리는 하나밖에 없는 자녀를 잃은 홀어머니의 마음을 너무도 잘 알고 있습니다. 사랑하는 애인과 이별한 사람들이 때로는 죽음을 택하는 것도 이유가 있을 것입니다. 그들은 삶 자체를 좀먹는 고독 속에 사는 것보다는 차라리 공허한 죽음이 더 편할 것이라고 생각하기 때문입니다. 때로는

고독이 죽음보다도 견디기 어렵고 괴로운 일이
되기도 하는 것입니다.
그러면 이러한 고독에서 벗어나는 길은 무엇입니
까. 고독의 반대는 무엇이 되는 것입니까. 고독을
해결하는 길은 사랑에 있습니다. 사랑은 고독과
모순 관계에 있기 때문입니다. 모든 고독은 사랑
의 결핍 때문에 오는 것이며, 고독으로 인한 절망
은 사랑이 있어야만 희망으로 바뀌어지는 것입니
다. 그렇기 때문에 우리들은 행복을 위해서 사랑
을 찾지만, 사실 고독한 삶에 사랑이 찾아들 때
그 삶이 그대로 행복이 되는 것뿐입니다. 사랑은
행복의 조건이며 우리의 생을 충족시켜 줍니다.
하지만 사랑만큼 뜻대로 되지 않고, 사랑만큼 불
합리한 것도 없습니다.
모든 사랑은 뜻하지 않은 이별을 가져오기도 하

 소중한 사람에게 주고 싶은 책

며, 더 큰 사랑을 위하여 불안에 놓여지거나, 사라지고 깨어져서 우리들의 삶을 더 깊은 고독으로 몰아 넣기도 합니다. 만남은 반드시 헤어짐으로 끝나며, 그리움은 언제나 환상에서 현실로 돌아올 때 사라지는 것이 보통입니다. 그러므로 사랑을 모르는 것도 고독이며 불행이지만, 사랑을 알게 되면 더 깊고 아픈 고독의 쓴 잔을 마실 수밖에 없는 것이 인생인 것입니다.

자식이 없는 어머니는 외롭고 쓸쓸합니다. 그러나 자식을 잃어버린 어머니의 마음이란 더욱 고독해서 절망적으로 통곡하게 되는 것입니다. 이것이 삶이며 살아 있는 모습이 아닌가 싶습니다. 그러나 사랑을 구하고 행복을 찾고자 하는 우리들의 뿌리 깊은 의욕은 마침내 사라짐이 없는 사랑, 영원한 사랑을 구하게 되는 것입니다.

누구를 위한 '나' 인가. 나는 지금 이렇게 스스로에게 물어 봅니다. 내 어린 아이들을 위한 나였던가. 내 아내를 위한 나였던가. 내가 도대체 누구를 위해 살아왔으며, 이제부터 누구를 위해 살아가야 하는가. 또다시 생각해 봅니다. 어떻게 보면 내가 온통 누구에 의해서만 산 것 같기도 하고, 어떻게 보면 내가 온통 누구에 의해서만 살아진 것 같기도 합니다. 그냥 나를 위해 산 것이지 다른 누구를 위하여 산 것이 아니라고 생각해 버리면 속이 시원할 것 같지만, 그렇다고 모든 것이 선명하게 풀려질 것 같지도 않습니다. 오늘 하루 내가 왜 살아 있고, 무엇 때문에 살아가는 것인지 생각해 보면 허무하기 그지없는 일입니다.

그러면 이 초라한 몸뚱이가 참으로 미워서 못 견딜 지경입니다. 도대체 사람이란 것이 무슨 이유

 소중한 사람에게 주고 싶은 책

로 살아가는 것인지 알 수 없게 되는 것 같습니다.
내가 나를 위해 살았다는 것도 믿어지지 않는 이
야기입니다. 더욱이 내가 누구를 위해 살았다는
것은 더욱 믿어지지 않는 이야기입니다.
내가 나도 남도 아닌, 그저 있는 그대로 살아가는
것이 자연의 섭리라고 한다면, 바로 여기에 산다
는 것의 의미가 있는 것이 아니겠습니까. 의미를
가지고 산다는 것, 의미 있게 산다는 것, 그 다함
이 없고 끝이 없는 하늘의 뜻에 따르고, 자연의
섭리를 받아들이며 사는 것이 나의 삶이라고 한
다면 나도 정말 살아가는 보람이 있을 것이 아니
겠습니까.
그렇다면 오늘 하루 나는 또 삶을 뜻없이 허비해
버린 것이나 아닌지요. 허구한 세월, 그저 그렇게
저 푸르른 창공을 더듬어 살아온 것이 아닌지요.

살아야 한다는, 정말 살아가야 한다는 것이 하나
의 숙명과 같은 것이라면, 이 시간에 굳은 의지를
다시 새롭게 해야 되겠습니다. 자연의 섭리를 받
아들이며 인생의 기지개를 크게 펴보는 것입니
다.

3

행복한 삶을 꿈꾸는 당신께

거친 마음의 영토 위에 사랑의 꽃이 피어날 때
나는 비로소 슬픔과 고독에서 벗어나 행복의 나라로 갑니다.
사랑은 죽음보다 강하고 모든 허물을 덮어 주기에
인생은 영원히 아름다울 수 있습니다.

다른 사람들과 마찬가지로 나도 행복해지려고 노력해 온 지가 꽤 오래됩니다. 많은 재산이 행복의 원인이 되며 존경받을 만한 명예가 행복의 조건이라고 생각해 본 일도 있습니다. 그럴 때마다 나는 경제적으로 도움이 되는 일에 관심을 갖고, 사회에서 명예를 얻을 수 있는 일을 맡아 보려고 기다리고 있었던 것입니다.

그러나 다시 생각해 보면, 돈은 행복을 가져올 수도 있으나 불행의 원인이 되는 때가 더 많으며, 명예는 즐거운 듯 싶으나 더 많은 수고와 노력을 동반하는 것이 사실입니다. 이렇게 생각한다면 행복은 돈 자체에 있는 것이 아니고, 돈을 어떻게 좋은 일에 쓰는가 하는 데 있을 것이며, 명예가 귀한 것이라면 진정한 명예는 오히려 진실한 삶의 대가라고 생각해도 좋을 것입니다.

나는 돈의 노예가 되어 버린 사람들을 보면 이 세
상에서 가장 불행한 사람들이라는 생각이 듭니
다. 이런 사람들은 우정도 신의도 정의도 사회도
국가도 모두 돈의 척도로 재어 보는 사람들이며
돈만을 쫓아가다가 돈의 노예가 되어 일생을 그
르친 사람들입니다.

우리는 돈 때문에 일어나는 너무나도 많은 범죄
를 보아 왔습니다. 그러나 한 사람 한 사람이 어
떻게 인격을 돈 때문에 그르치고 있는가를 생각
하면 놀라지 않을 수 없습니다. 알곡을 팔아서 쭉
정이를 산다면 그렇게 어리석은 일이 세상에 어
디 있겠습니까. 그러나 얼마나 많은 사람들이 자
기의 양심을 팔고, 신의를 짓밟고, 삶 그 자체와
인격을 팔아서 돈을 모으고 있습니까. 그렇기에
돈은 행복을 구성하는 하나의 요소에 불과할 뿐

이며, 행복을 완성하는 것은 인격이라고 생각합
니다.

인간은 사회적 동물이라는 말이 있습니다. 그러
나 오히려 인간은 명예의 동물이라고 해도 과언
이 아닐 듯 싶습니다. 지금 우리들은 거짓된 이름
과 영광을 위해서 얼마나 많은 헛된 수고를 하고
있는 것입니까.

 '남에게 보이는 일이 없다면 인간들은 오늘과 같
은 문화는 건설하지 못했을 것이다' 라는 파스칼
의 말이 맞는지도 모릅니다.

세상에는 웃지 못할 일들이 너무나 많이 있습니
다. 맞지 않는 옷을 입고, 맞지 않는 신발을 신고
다니는 사람을 어리석다고 생각하면서도, 자기
자신은 전혀 어울리지도 않는 이름을 가지고 있
으며, 또 그것을 구하고 있는 사람들이 얼마나 많

습니까.

그리고 그것 때문에 얼마나 많은 고통과 불행이 찾아오는 것입니까. 자기의 인격과 생활과 업적이 있는 그대로 나타나는 것으로 우리는 만족해야 하지 않을까요.

빛은 숨길 수 없이 빛나는 것이며, 선함은 언제나 아름다운 이름을 가져다 주는 것입니다. 책임없는 이름이 얼마나 우리 사회를 불행하게 하며, 자기 스스로를 불행하게 만드는 것인지 생각해 보아야 할 것입니다.

문 밖에 있는 헐벗은 고아를 내다보면서도 더 맛있는 음식을 찾아 생生을 즐기려는 욕심. 정의와 대아大我를 위하여 애쓰고 봉사하던 뜻있는 사람들까지도 지조를 헌신짝처럼 내버리고, 사악과 쾌락에 찬 웃음을 짓는 모습. 이웃 사람들의 불행과 고통에서조차 시원하고 상쾌한 기분을 느껴보기도 하는 우리들의 마음. 그것이 정의에 어긋나며 사회에 용납될 수 없는 일인 줄 잘 알면서도 양심의 소리를 못 들은 척하면서 본능에의 길을 택하는 마음. 이런 모든 것들을 알고 있으면서도 태연히 모르는 척하고 산다는 것은 얼마나 서글프고 우울한 일이겠습니까.

인간이 인간임을 혐오하게 되고, 생의 의미를 스스로 두시해 버리고 싶은 충동을 억제하기 어려운 때가 있습니다.

겉모양만을 보고 사는 사람은 세상 사람들의 단점을 찾아 내기를 좋아합니다. 그러나 내면을 들여다볼 줄 아는 사람은 언제나 자기의 마음속에 있는 검고 붉은 흔적을 먼저 볼 수 있습니다.

우리는 다른 사람을 살피기 전에 먼저 자기 자신의 마음이 얼마나 더럽혀져 있는가를 깨달아야 하겠습니다. 그것이 자기를 구하는 길이며, 이렇게 한 사람 한 사람이 깨끗하게 될 때 사회의 행복도 기대할 수 있는 것입니다.

이 일은 아주 간단한 것입니다. 지금 가지고 있는 자기의 마음을, 맑고 깨끗한 마음과 비교해 보는 데서 시작되기 때문입니다. 그것은 마치 흙탕물을 맑은 샘물과 비교하여 보는 것과도 같습니다. 우리들의 마음은 깨끗한 샘물처럼 맑아지기를 원하고 있습니다. 사회에 가득 차 있는 헛된 욕심의

세계를 떠나서 먼저 내 마음속을 깨끗하게 하고
삶의 평화를 찾아야만 하겠습니다.

어둠의 장막이 온 땅을 덮은 지도 오래됩니다. 숲 속의 새들도 잠들고 우주에 존재하는 모든 것들도 고요한 가운데 편히 쉬고 있습니다. 거리의 가로등이 피곤한 듯 깜빡일 때면 사람들의 마음도 어느덧 넉넉해지는 것 같습니다.

이런 고요한 밤이 오면 잠자리에 누워 잠이 오기를 기다리며 오늘 하루를 반성해 보게 됩니다.

나는 오늘 하루를 어떻게 보냈는가. 누구와 더불어 무엇을 하고, 이웃 사람들에게 무엇을 나누어 주었는가. 무엇 때문에 허덕이고 무엇을 남기기 위하여 수고를 했는가. 그리고 이러한 하루하루가 지나서 일 년이 되고 십 년이 되고 어느덧 마지막 하루가 지나게 되면 내 생명은 끝나고 마는 것이 아닐까. 먼 후일에 내 인생의 황혼이 찾아오게 되면 나는 무엇을 남기고 잠들 것인가. 나는 이런 것들을 생각해 봅니다.

나는 벌써 여러 해를 살아왔습니다. 그리고 많은 사람들이 이렇게 사는 것을 보아 왔습니다. 돈을 벌기 위하여 분주히 움직이고, 좀더 좋은 살림을 가지기 위하여 온갖 계획을 세워 보고, 명성과 지위를 얻어 보려고 여러 곳을 더듬어 본 것이 아닌가. 그러나 나는 무엇을 얻었으며, 그것으로써 만족할 수 있었던가.

나와 함께하는 사람들 중에 성공하고 출세한 사람들은 무엇을 얻었으며 무엇을 남기려고 하는가. 참으로 우리의 인생이 이렇게 흘러가 버리고 만다면, 긴 세월이 지난 후에 나라는 한 인간이 살아 있었다는 보람이 어디에 있을까 하는 생각도 해보게 됩니다.

우리가 이렇게 불만과 불안에 사로잡혀 자기 생

활의 공허함을 숨기지 못하는 것은 무엇 때문일
까요. 왜 우리는 하루 종일 수고하고도 오히려 마
음의 가난함을 느낄까요.

어째서 우리는 내 삶에 최선을 다하였음에도 불
구하고 이 세상에 아무것도 남기는 것이 없는 것
입니까.

역시 거기에는 깊은 이유가 있습니다. 무엇인가
영원한 것이 없기 때문입니다.

비록 모래알같이 작은 일이라도 그것이 영원한
것이라면 그것은 언제나 내 것이 될 것입니다. 그
러나 때로는 큰일을 할 듯 싶어도 그것이 영원한
것이 되지 않으면 모래 위에 세운 집처럼 덧없이
사라질 것이 아니겠습니까.

그러면 누가 이 영원한 것을 알고 그것을 따르고
있을까요.

모두가 거칠고 못 쓰게 되고 말았습니다. 눈에 보이는 것보다 귀중한 눈에 보이지 않는 것을 버리고 말았습니다.

현대인은 조상이 물려 준 보물 중에서도 특히 꿈을 상실했습니다. 현대인들이 고도로 발달한 과학 문명을 자랑하면서 고대인들이나 중세인들보다 더 불행하고 비참해진 것은 무슨 까닭입니까. 그것은 우리가 자기 기만과 자기 꾀에 빠져 스스로에게 침해당하고 있기 때문입니다.

오늘날 우리는 몸과 마음이 지칠 대로 지쳐 있습니다. 그릇된 사고 방식이 우리의 생활을 지배하고 있습니다. 오직 물질만이 존재한다고 생각하는 것, 비창조적인 생활에서 벗어나지 못하고 있는 것이 현실이라고 말해도 과언은 아닐 것입니다.

우리는 먼저 할 일과 나중에 할 일을 구별할 줄
알아야 할 것입니다.

‘세상에서 가장 불행한 사람이 누구냐?’고 묻는다면 나는 망설이지 않고 이렇게 대답하겠습니다. 세상에서 가장 불행한 사람은 버림받은 사람일 거라고.

남편에게서 버림받은 아내, 그리고 아내에게서 버림받은 남편, 그 어느 편이나 불행한 사람이 아닐 수 없습니다. 지금까지 사랑해 오던 사람이 갑자기 나를 배반한다든지 또는 어쩔 수 없는 사정으로 서로 헤어져야만 하는 경우, 우리들은 가슴 깊은 절망감과 슬픔 때문에 불행한 마음속으로 빠져들게 됩니다.

사랑하는 사람끼리 이별할 때에도 말할 수 없는 괴로움이 따르는데, 하물며 사랑하는 사람에게서 버림을 받고 떠나야 하는 사람의 마음이 얼마나 아플 것인지는 겪어 보지 않은 사람은 짐작하기 어려울 것입니다.

세상에는 이러한 슬픔과 괴로움 속에서 세상을 원망하며 살아가는 사람들이 많을 것입니다. 사람들은 서로 사랑하면서도 서로 사랑할 수 없는 상황에 슬퍼하고 괴로워하며, 또 어떤 사람은 사랑하는 사람에게 버림받은 아픔에서 헤어나지 못하고 때로는 삶을 포기하기도 합니다.

어쩌면 이것이 삶의 조건인지도 모르겠습니다. 하지만 그것은 인생의 비극임엔 틀림없습니다.

버림받은 인간, 그는 세상에서 가장 불행한 사람일 것입니다. 사람에게서만이 아니고, 신에게서 버림받은 인간은 더욱 슬픈 존재일 것이라고 나는 가끔 생각해 봅니다. 또한 사랑하는 사람에게서 버림받는 것도 억울하지만, 그보다는 내가 먼저 사랑하는 사람을 배반함으로써 버림받는다는 것은 견딜 수 없이 슬픈 일입니다.
명예나 지위는 없어도 견딜 수 있으나, 버림받은
인간의 슬픔은 구할 길이 없을 것 같아 슬퍼지는
밤이 있습니다.

나의 생명을 좀먹는 독소를 제거하고 생명을 거부하는 죄를 없애 버려야겠다는 생각을 합니다. 잃어버린 꿈을 찾고 가장 순수하고 아름다운 것을 창조할 줄 아는 인간이 되고 싶습니다. 정말 시간적으로 영원하고 공간적으로 무한한 미의 창조와 진리의 발견을 게을리해서는 안 되겠다는 생각을 하면서, 나는 가을 밤의 밝은 달을 우러러 봅니다.

우리는 모두가 황폐해진 시대에 살고 있습니다. 보이는 것보다 보이지 않는 파괴가 더 심한 비극 속에 살고 있는 것입니다.

미의 최고의 형식이라고 할 수 있는 꿈을 잃어버린 황무지에 생명의 뿌리를 내리고 있다고 해도 과언이 아닐 듯 싶습니다. 중세인들이 현대인들보다 더 행복하게 느껴지는 것은 그들이 꿈을 가지고 있었기 때문이 아니겠습니까.
비록 파괴가 심한 비극 속에 산다고 할지라도 중
세인들이 품었던 것과 같은 꿈을 지녀보고 싶습
니다.
인간의 꿈 중에서 가장 순수한 꿈을 가져 보고 싶
은 것입니다.

어떤 사람이 인간다운가 그렇지 않은가를 판단
하는 기준은 언제나 그 인격에 있습니다. 인간은
어떠한 경우에도 방법이나 수단이 될 수 없으며,
인격은 항상 목적이 되어야 하는 것입니다.
정치는 인간을 위하여 있는 것이며, 신의 사상도
우리들의 인격을 위하여 있어야 하는 것입니다.
때때로 우리들은 인간을 이용하여 인격을 가볍게
다루는 사회와 정치를 보게 됩니다. 그렇지만 그
것은 악 중의 악이며, 배척해야 할 사상과 태도라
고 할 수 있습니다. 그러나 인격이 갖추어진다고
하는 것이나 인간이 인간답게 된다고 하는 것은,
개인의 수양이나 노력 또는 지식에 의해서만 되
는 것은 아니라고 생각합니다.
인격은 언제나 다른 사람과의 사귐에서 이루어지
는 것입니다. 우리들의 생활은 돌과 돌이 부딪치

고 산속의 짐승들이 서로 만났다 헤어지는 생활
과는 다릅니다.
사람간에 정을 주고 마음이 통하여 뜻이 하나가
될 때 삶은 이루어지는 것이며, 그 삶을 통하여
인격이 완성되고 열매를 맺는 것입니다.
그러나 이러한 인간의 사회적 생활 모두가 인격
을 갖추는 데 있어서 좋은 조건으로만 작용하는
것은 아닙니다.
거기에는 소극적이며 부정적인 요소도 끼어 있는
것입니다. 평온함과 화목함이 결여되어 있을 때
싸움이 일어나며, 우리들의 사회적 생활은 인격
을 완성해 가는 과정에서 반드시 어떠한 영향을
남겨 주고야 마는 것입니다.
그러면 우리가 인격을 갖추어 나가는 데 있어서
무엇이 좋은 조건이 되고, 또 어떠한 것들이 좋지

않은 결과를 가져오는 것인지 생각해 보아야 할 일입니다.

예로부터 인仁을 말하고 의義를 주장하며 자비慈 悲를 이야기해 온 것은 모두가 그러한 생활의 가 치가 우리들의 인격을 완성시키는 원칙이 된다고 여겨 왔기 때문입니다.

그렇다면 우리들은 자아의 인격을 더 완전하고 고상한 것으로 만들어 가기 위하여 무엇을 하였 으면 좋겠습니까.

우리는 여기에서 인격의 완성을 위한 사랑과 그 와는 반대되는 건전한 인격을 파괴하는 요소도 발견하게 됩니다.

우리들 생활에 있어서 분열된 모든 것을 하나로 만들 수 있는 것은 사랑밖에 없습니다. 그러나 인 격 완성을 위한 이러한 사랑에는 끊임없는 노력이 뒤따르기 때문에 우리들은 나쁜 요소들을 발견하게 되는 것입니다.
인격이 사회 생활을 해 나가는 동안에 갖추어진다면, 사랑은 인격 완성의 유일한 요소라 할 수 있습니다.

인생이란 행복을 추구하는 것인지도 모릅니다. 행복이란 아름다운 것입니다. 그러나 그 행복을 찾아 방황하는 인생은 고달픈 것인가 봅니다. 오늘 하루도 끝없는 욕망의 포로가 되어 불평 속에 저물어가는 것은 아닌지요. 그러한 마음은 수양이 없는 탓인지도 모릅니다. 그러기에 나보다 돈 있고 권세 있고 능력 있는 사람을 질투하는지도 모릅니다. 내가 무능하고 부족하기에 집안에서도 불평이 터지는지도 모릅니다.

이런 불평 속에서 행복과는 거리가 먼 생활을 하고 있던 중에 나는 우연히 수감자들이 만든 작품 전시회에 가게 되었습니다.

그 전시회는 생각보다 훌륭했습니다. 정말 나의 생각과는 아주 딴판이었습니다. 정성이 가득담긴 그림, 그리고 윤이 나는 가구들과 직조물, 여러 가지 생활 필수품이 시장의 상품 못지않게 만들어져 진열되어 있었습니다.

그 중에서도 특히 나의 흥미를 끌었던 것은 조각품이었습니다. 그것은 썩은 통나무를 깎아서만든 것이었는데, 한 젊은 남자가 소년의 손목을 잡고 바다로 나가는 풍경이었습니다.

자세히 살펴보니 그 곳에 있는 모든 것들은 보잘 것 없는 소재로 만든 것들이었습니다. 그림의재료는 유화 물감이 아닌 페인트요, 캔버스가 아닌 광목천이었습니다. 시와 수필을 써서 붙인 괘도는 생주나 명주발 대신에 꽃무늬의 도배지였습니다.

나는 형무소 안과 같은 그 폐쇄된 공간에서 얻을 수 있는 소재로 이와 같이 그 어떤 의미와 미를 창조할 수 있는 그들의 창의성을 보았습니다. 그리고는 문득 그 작품들을 만들어 나가는 동안에 그들이 느꼈을 행복감을 상상해 보았습니다.

나는 이것을 보며 인간은 어디서나 그 주어진 환경에서 주어진 소재로 미를 창조하며 나름대로의 행복을 구할 수도 있다는 것을 느꼈습니다. 아니, 행복은 구하는 것이라고 하기보다는 차라리 창조한다는 표현이 더 맞을지도 모릅니다. 즉, 멀리 행복을 찾으러 가는 것이 아니라, 내 마음속에 숨어 있는 행복의 터전을 파헤치고 선과 미의 씨앗을 심는 것인지도 모릅니다. 더욱이 나를 놀라게 한 것은 그 옥중에서 수산화마그네슘을 추출하는 데 성공했다는 사실입니다.

나는 이것을 보고 다시금 나의 불평의 본질을 생각해 봅니다. 내가 아무리 부자유스럽다고 해도 수감자보다는 자유로울 것입니다. 내게 아무리

불편한 점이 있다고 해도 옥중에 있는 사람보다
는 편할 것입니다. 나의 불평은 오로지 생에 대한
나의 그릇된 태도에서 오는 것임을 새삼 느끼고
있습니다.

사랑은 모든 허물을 덮어 준다고 합니다. 사랑은 죽음보다 강하다고 합니다. 이런 사랑이 나와 이웃, 국가와 국가 사이에 실현되는 날, 비로소 나는 평화란 이름의 참뜻을 알게 될 것 같습니다. 또 진정한 삶의 기쁨과 행복을 맛보게 될 것입니다.

나는 세상이 어수선할 때마다, 그리고 내 생활 주변이 복잡해질 때마다, 행복의 참 의미와 인간이 서야 할 자리를 찾는 일에 최대의 열정을 기울여야겠다는 생각을 버릇처럼 해 보곤 합니다.

이러한 밤에는 내 삶의 의미가 무엇인지 알 것 같아서 마음이 포근해집니다. 이 포근한 마음으로 인한 정신의 풍토가 나를 감싸 줄 때 나는 행복해지고 평화로워지는 것입니다.

나는 사랑을 느끼며 살아갈 것입니다. 모든 허물

을 덮어 주는 사랑, 죽음보다 강한 사랑에 나를
맡기고 인생의 거친 행로를 뚜벅뚜벅 걸어갈 것
입니다.
세상은 무한히 넓으면서도 한편으로는 좁습니다.
낮은 긴 것 같으면서도 짧습니다. 행복은 남의 것
인 동시에 나의 것도 될 수 있다는 가능성에 우리
의 정열은 용솟음칩니다.
기복이 심한 이런 인생 행로에서 우리는 웃기도
하고 울기도 하며 살아가는 것이 아닙니까. 무조
건 인생을 슬픈 것으로만 생각할 필요는 없을 것
같습니다. 그렇다고 무턱대고 인생을 즐거운 것
으로만 생각해도 곤란할 것입니다.
나는 생각합니다. 슬프면 슬픈 대로, 기쁘면 기쁜
대로 살아 보는 것도 괜찮으리라고.
거친 마음의 영토에 사랑의 꽃이 피어날 때 슬픔

과 고독에서 벗어나 행복해질 수 있습니다. 이러한 생각으로 이웃의 허물을 덮어 줄 때 세계는 달라질 것입니다.

보이는 것 하나하나가 새로운 의미와 새로운 환희로 다가설 것입니다.

누구에게나 길은 멀고 해는 짧습니다. 정열은 식어 가고 황혼은 깃듭니다. 그러나 꽃 한 송이, 돌 하나라도 사랑할 줄 아는 마음을 잃지 않는 한, 당신은 영원히 늙지 않을 것입니다.

사랑은 죽음보다 강하고 모든 허물을 덮어 주기에 인생은 영원히 아름다울 수 있습니다.

그대 돌아오는 지친 언덕 위에

가야 할 길이 아직도 멀기만 합니다 .
그러기에 나는 지금 고독에서 벗어나야 합니다.
나의 영혼이 잃었던 고향을 찾으면
슬픔은 사라지고 행복은 나를 버리지 않을 것입니다 .

불행은 나에게만 있는 것은 아닙니다. 슬픔 또한 그렇습니다. 그러나 우리들은 나만 고독하다고 생각하는 때가 많이 있습니다. 나만 외롭고, 나만 가난 속에서 허덕이고 있는 듯이 생각하고는 비관하는 때도 많이 있습니다. 사실은 그렇지 않은데도 우리는 자주 그렇게 생각합니다. 그만큼 인간은 자기 중심적인 듯합니다. 이렇듯 나만을 생각하고, 남을 돌볼 줄 모르는 것이 인간의 속성인 듯싶습니다.

나의 불행은 볼 줄 알면서 나의 허물은 볼 줄 모르는 인간, 그리고 나의 슬픔과 고독은 뼈저리게 느끼면서 남의 고독이나 슬픔을 대하면 무관심해지는 것이 인간이라고 한다면, 우리들은 비참한 존재가 아닐 수 없습니다.

나의 불행을 알듯이 남의 불행도 살필 줄 아는 사

람, 그리고 내 눈물의 의미를 알듯이 남의 괴로움도 이해할 줄 아는 사람, 나는 그러한 마음의 소유자이고 싶습니다. 자기의 이익만을 생각하는 인간으로부터 벗어나 조금이라도 남을 생각하는 인간이 되고 싶습니다.

결코 불행이라고 하는 것이 나에게만 있는 것은 아닙니다. 슬픔과 고독과 가난도 그렇습니다. 살펴보면 나보다 더 불행한 사람, 나보다 더 슬픈 사람, 나보다 더 고독하고 외로운 사람들이 세상에는 얼마든지 있습니다. 그러나 그들도 살고 있습니다. 살기 위해 애쓰고 있습니다.

나는 언젠가 '목로주점'이라는 영화를 본 적이 있는데, 아직도 생생히 기억되는 장면이 있습니다. 그 영화의 여주인공으로 나오는 '마리아 셀'의 웃는 얼굴, 바로 그 표정입니다.

가난 속에서 허덕이다가도 때때로 그녀의 표정에 나타나는 함박꽃 같은 미소는 정말 잊을 수가 없습니다.

불행을 넘어서 행복의 언덕에 이르려고 꾸준히 노력하며, 환희와 감격의 아름다운 삶을 꿈꾸며, 가난과 외로움을 극복하면서 살아가는 것. 그것이 살아가는 인간의 진실한 모습이라고 생각해 봅니다.

아마도 그런 미소를 지을 수 있다는 것은 인간이 누릴 수 있는 최대의 축복일 것입니다. 슬퍼도 웃을 수 있는 얼굴, 가난해도 미소를 잃지 않는 마음이야말로 가장 고귀한 것이 아닐 수 없기 때문입니다.

좋은 친구, 의로운 친구를 가진 사람은 행복한 사람입니다.

나는 요즘 이런 생각을 하는 시간이 많아졌습니다. 생활이 고달프거나 마음이 괴로울 때마다 나는 친구들을 눈앞에 그려 봅니다. 괴로울 때 같이 괴로워할 수 있고, 기쁠 때 함께 기뻐할 수 있는 친구, 그것은 나의 큰 위안인 동시에 행복의 근원이기도 합니다. 나는 영화를 볼 때에도 그렇거니와 소설을 읽다가도 아름다운 우정의 모습이 보이는 장면에 가장 마음이 끌리는 나 자신을 발견하곤 합니다.

내가 남에게 좋은 친구가 되지 못하면서 남이 나에게 좋은 친구가 되어 주기를 바랄 수는 없습니다. 그러나 사람의 욕심이란 종종 이러한 잘못을 범하는 것 같습니다. 나는 남에게 그렇게 못하면서 남이 나에게 친절과 애정을 보여 주기만을 바라고 기다리는 것이 사람의 마음인 것 같기도 합니다. 나만을 위해 주고, 나만을 높여 주기를 바라는 것 또한 그렇습니다.

함께 있는 자리에서는 침이 마르도록 칭찬을 하다가도 돌아서면 욕을 퍼붓는 사람, 그는 좋지 않은 사람들 가운데 하나일 것입니다. 있는 자리에서야 어쨌든, 친구가 없는 자리에서 친구의 장점을 말해 줄 수 있고, 친구를 높일 줄 아는 사람이야말로 진정한 벗이라 할 수 있을 것입니다.

'네가 대접을 받고자 하는 대로 남을 대접하라'는 성경 구절은 그 뜻이 심오하여 인생에 유익한 잠언이라 할 수 있습니다. 내가 다른 사람들로부터 사랑과 존경을 받고 싶은 것처럼, 내가 남을 존경하고 사랑할 줄 아는 사람이 되고 싶습니다.

잠이 오지 않는 밤, 나는 조용히 자리에 누워서
내가 친구에게 한 일들을 생각해 봅니다. 그리고
나의 친구가 나에게 한 일들을 생각해 보는 것입
니다. 좋은 친구, 의로운 친구를 가졌다는 것은
인생의 가장 큰 행복일지도 모릅니다.

'지금 고독한 사람은 언제까지 고독하며, 지금 집 없는 사람은 언제까지 집 없이 방황할까?' 독일의 고독한 시인 릴케는 그의 시에서 이렇게 말하고 있습니다.

나는 이 구절이 떠오를 때마다 나의 고독이 언제 끝날 것이며, 집 없는 나의 생활이 언제 집 있는 행복으로 바뀔 것인지 곰곰이 생각해 봅니다.

어쩌면 현대인의 특징은 고독한 데 있는 것인지도 모릅니다. 영혼의 고향, 정신의 집들을 잃어버리고 방황하는 것이 과학화된 문명 세계에 살고 있는 현대인들의 모습일지도 모릅니다. 그 집 없는 생활이 언제까지 계속될 것인지, 그 고독한 생활이 언제까지 우리의 마음을 아프게 할 것인지, 안타까운 일이 아닐 수 없습니다.

지금 너게 필요한 것은 나의 구원입니다. 고독에

서 구원되고 대중 속에서 나 자신을 찾는 일입니다. 불안한 세상에 살고 있는 나 자신의 위치와 몸가짐을 확립하는 것입니다. 그것이 내가 찾아야 할 나의 집이라고 생각하면서 집 없는 자신을 돌아봅니다. 고독한 나의 영혼이 흐느껴 우는 것을 봅니다.

나는 내가 구원받는 날을 희망해 봅니다. 집 없는 내가 집을 갖게 되는 날을 상상해 봅니다.

사람은 누구나 고독할 것입니다. 집 없는 사람은 수없이 많을 것입니다. 그는 언제까지 고독해야 하는 것입니까. 그는 언제까지 집이 없을 것입니까. 오늘 하루도 쓸쓸히 저물어 가고 있습니다. 여전히 분주한 사람들이 무심히 나의 앞을 스쳐 지나갑니다.

밤은 길고 새벽은 아직 멀었는데 때마침 성당의

종소리가 들려옵니다. 나는 그 종소리에 잠깐 망설이며 걸어온 길을 뒤돌아봅니다. 그리고 이제 가야 할 길을 창 밖으로 멀리 바라봅니다. 갈 길은 아직 멉니다. 그러기에 나는 지금 고독에서 벗어나야 합니다.
고독이 내게서 물러나고, 나의 영혼이 잃었던 고향을 찾았을 때 슬픔은 사라지고 행복은 나를 버리지 않을 것입니다.

나는 날마다 새로운 길을 갑니다. 숲 속의 풀밭으로, 샘터로, 그리고 어떤 때는 장미꽃 피어 있는 꽃밭으로 갑니다. 언덕에 올라가서 들을 바라보는 날도 있습니다.

병풍처럼 둘러앉은 높은 산과 등 굽은 나무가 구불구불 서러운 듯 속삭일 뿐 지저귀는 새소리도 들리지 않습니다.

여기저기 피어난 쓸쓸한 꽃들은 석양빛에 가벼이 몸을 떨고, 흘러내리는 시냇물 소리도 없이 들은 고요합니다. 잃어버린 진리를 찾아 남몰래 탄식하는 정적만이 깃들 뿐입니다. 어느덧 흐린 하늘에 검은 구름이 덮이더니 비가 쏟아지기 시작합니다.

어디론가 별은 숨어 버리고 연못가의 바람은 한숨을 쉬며 한탄하는 듯합니다.

아, 잃어버린 산과 나무와 별들의 그림자를 찾고
자 물결치는 연못은 몹시도 깊습니다.
나는 이렇게 슬픔에 잠겨 있는데 당신은 아직 나
에게 오지 않고 있습니다.
고요한 밤의 기도는 내 가슴의 깊은 골짜기에서
피어 오릅니다. 깊은 밤, 하늘을 쳐다보는 나의
두 눈에 고이는 눈물을 나는 말없이 삼키며 앉아
있습니다.
마음은 상처를 입었고 몸은 피로합니다.
이제 고요한 하늘의 아름다운 달이 밤의 공포를
쫓아 줄 것을 나는 생각해 봅니다.
어두운 밤과 함께 오늘의 괴로움은 사라져 버리
고, 어느덧 밝고 환한 아침이 찾아오리라는 것을
나는 의심하지 않습니다.

나는 지금 '무지無知가 죄' 라는 옛 현자의 말을 생각해 봅니다. 그러면 이 말의 반대로 배움은 선이라고 할 수 있을까요. 그렇습니다. 배우는 마음은 언제나 겸손한 마음, 그리고 늘 비어 있는 마음입니다.

또 그것은 무엇이나 채워 넣으려고 애쓰는 마음입니다. 내가 배움에 몰두하던 시절은 언제나 희망에 차고 싱싱하기만 했습니다. 그런데 배움을 박차 버린 시간부터 초조와 불안과 적막이 앞을 가로막았습니다.

배운다는 것, 안다는 것은 인생을 배우고, 인생을 안다는 말입니다. 그러나 글줄이나 배운다고 해서 그것이 인생을 배우는 것도 아니며, 학문에 뛰어나다고 해서 그것이 인생을 많이 아는 것이라고는 단정할 수 없습니다. 그러므로 배움의 소재라는 것은 학교에서 가르치는 교과서에 있거나 도서관에 쌓인 책 속에만 있는 것은 아닙니다. 내가 인생에 눈을 뜨고 인생의 쓴맛 단맛을 알게 된 것은 이 고된 길을 걸으면서부터였습니다.

공자는 이렇게 말했습니다. "두 사람이 나와 함께 길을 가는데 그 두 사람이 다 나의 스승이니라. 착한 사람에게서는 그 착함을 배우고, 악한 사람에게서는 그 악함을 보고 자기의 잘못된 성품을 찾아 뉘우칠 기회를 삼으니, 착하고 악한 사람이 모두 내 스승이다."

배우는 마음을 가졌을 때 모든 환경이 배움의 소재가 된다는 말입니다. 그러므로 우리는 언제나 학도學徒의 마음을 가져야 하겠습니다. 얄팍한 지식, 대수롭지 않은 경험을 가지면 곧 드러내 보이려고 애쓰고, 남을 가르쳐 보려고 애쓰는 어리석음을 가졌던 나의 지난날이 몹시도 후회스럽습니다.

인생은 끊임없이 배우고 또 배워도 다 알 수 없을 만큼 깊습니다. 우리는 묵묵히 머리를 숙이고 배우는 자세로 돌아가야 할 것입니다.

배우는 마음은 주체가 확립된 마음, 즉 자기 인생관을 올바로 세우고 사는 마음입니다. 자기가 설 자리에 아직도 서지 못하고, 자기 위치를 바로 정해 놓지 못하고서는 인생을 의미 있게 살 수 없습니다. 배운다는 것처럼 위대한 일은 없습니다.

그러나 잘못 배우면 더 큰 파멸의 결과가 옵니다. 인류 문화의 파멸을 가져왔던 모든 영웅주의자들은 무식한 사람들이 아니었고, 모두 배웠다고 하는 사람들이었습니다. 그것은 인간 그 자체를 바로 알지 못한 까닭입니다.

천사도 아니요, 그렇다고 짐승도 아닌 인간. 천사 같은 데가 있는 반면 짐승 같은 구석도 있는 인간. 이것을 바로 알지 못하고 배운다는 것은 또한 위험이 따르는 것입니다.

익은 곡식은 고개를 숙이는 법입니다. 배우고 있는 사람, 인생을 바로 배우는 사람은 겸손과 자기 심화에서 참된 자기를 키우고 사는 사람입니다.

우거진 수목 사이의 어두운 길을 조심스럽게 걷고 있습니다. 끊이지 않는 도시의 시끄러운 잡음은 멀리에서 희미하게 들려오고, 하늘에는 수없이 많은 별들이 무질서하게 깔려 있습니다. 신선한 바람이 얼굴을 스치고 지나갑니다.

이러한 밤이면 왠지 마음은 한결 가벼워지고 사색의 영역이 한없이 넓어지는 것 같습니다. 또한 신비한 사람의 여러 비밀이 하나 둘 풀리는 듯도 합니다. 그러다가는 어둠의 창이 무섭게 닫히고 만사가 헛되이 맴도는 때가 있습니다. 이러한 때는 나 자신이 무척 가련하게 생각됩니다. 그것은 우리들이 영원한 외로움에서 헤매고 있기 때문인지도 모릅니다. 우리가 하고 있는 모든 일은 이러한 고독에서 헤어나기 위함인가 봅니다.

넓은 하늘 아래의 모든 생물들은 잠시라도 무서

운 고독에서 벗어나기 위해 애쓰고 있습니다. 그렇지만 이 세상의 그 어떠한 것도 우리의 고독을 깨뜨릴 수는 없을 것 같습니다. 우리는 늘 고독하기만 합니다.

고독이 우리를 괴롭히고 있습니다. 우리가 찾는 행복이 이기적인 만족을 위한 것이라면, 그리고 인생의 고독을 견디어 내고 극복하려 하지 않고 회피하려고만 한다면 우리의 고민은 더욱 깊어질 것입니다.

이 밤처럼 어둡고, 눈에 보이지 않는 그 무엇이 나를 눈여겨보고 있는 것만 같은 삶입니다. 이러한 삶에 대한 회의가 점점 깊어져서 탈출에의 희망은 꿈꾸어 보지도 못하고, 내 주위의 생생한 것들은 하나도 느끼지 못한 채, 심연과도 같은 어두운 하루하루를 살아가는 것인지도 모릅니다.

내 주위의 어둠을 뚫고 어디선가 한탄의 소리가
들려 옵니다. 어둠 속에서는 아무도 보이지 않습
니다. 나는 홀로 외로이 서 있으며, 고독하고 공
허한 내 마음속을 시간은 하염없이 흐르고 있습
니다.

수많은 별들은 넓고 넓은 밤하늘에 마치 불꽃처
럼 퍼져 있습니다. 그러나 저 별들 속에서 무엇이
이루어지는지 아는 사람은 없습니다. 마찬가지로
우리는 다른 사람의 마음속에 무엇이 일고 있는
지 알지 못합니다.

모든 것은 이렇게 융합하기 어렵기 때문에 우리
는 외로움을 느낍니다. 그러나 생활은 끊임없이
서로를 접촉하게 하고 있습니다.

우리는 사슬같이 얽혀 서로 사랑하고 있습니다.
그러나 융합이라는 우리의 노력이 물거품이 되

는, 이를테면 사랑은 결실을 이루지 못한 채 의미 없는 포옹과 헛된 친절이 반복되어 마침내는 서로 반목하게 되는 경우도 있을 것입니다. 하지만 우리는 정성어린 마음으로 사람들을 대하며 우리의 인생을 꿈과 사랑으로 장식해야 할 것입니다. 이 어둠 속에서도 내 마음을 활짝 열고 대기 중의 공기를 마음껏 들이마시며 나와 내 주위를 에워싸고 있는 모든 것을 사랑할 때, 행복은 찾아올 것입니다.

세상을 괴로운 것이라고 생각하면서 살아간다
면 정말 세상은 괴롭기만 할 것입니다. 또한 허무
와 절망만을 느끼는 순간은 삶 전체가 그것들로
만 채워져 있는 것으로 생각되는 법입니다.
그러나 인간이 살아가는 길은 참으로 오묘하고
신통한 데가 있는 것이어서, 어제까지는 노력한
보람도 없이 하는 일마다 뒤틀리다가도, 오늘은
뜻밖의 손님이 오듯 행운과 성공이 찾아드는 일
도 있는 것입니다. 마치 흐리고 궂었던 날씨가 개
이듯이, 추운 겨울이 가고 봄이 오듯이, 어두운
밤이 지나가고 동쪽 하늘에 해가 떠오르듯이 우
리에게 환희와 감격의 순간이 오기도 하는 것입
니다.
그래서 괴롭고 절망감이 드는 날은 그 괴로움과
절망만을 골똘히 생각할 것이 아니라, 밝은 내일

의 새로운 운명을 믿으면서 조용히 흐르는 시간
에 마음을 의지하는 것도 좋을 것입니다. 그리고
그것이 얼마나 소중한 일인가는 내일의 태양이
떠오를 때 비로소 깨닫게 되는 것입니다.

사업에 실패를 하거나, 직장에서 밀려나거나, 남
의 모함을 받거나, 친구에게 배신을 당하거나, 부
모와 자식간에 거리감이 생기거나, 애인의 표정
에서 이별의 순간을 읽어 낼 때 혹은 낯 모르는
사람에게 모욕을 당하거나, 자기의 옳은 주장이
아무에게도 지지를 받지 못하거나, 합당하지 않
은 소리를 들을 때, 그리고 하기 싫은 일을 해야
하거나, 싫은 사람과 매일 마주해야 하거나, 부모
또는 자식이 도리를 벗어난 길을 갈 때, 이러한
모든 일이 우리를 괴롭게 하고 슬프게 하는 것은
사실입니다.

그러나 이러한 일들보다도 정말 나 자신을 무서운 절망 속에 빠뜨리는 일은 무엇이겠습니까. 그것은 스스로가 자기에 대한 자신감을 잃은 때가 아니겠습니까.

세상에 나처럼 못난 놈은 없구나, 내가 세상에서 해낼 수 있는 일이라고는 아무것도 없구나, 내 가족이 나를 불신하고 세상이 나를 조소하는 것은 너무나도 당연한 일이야. 이러한 생각이 가슴속 깊숙이 파고들 때의 슬픔이야말로 세상에서 가장 큰 슬픔이 아니겠습니까.

자기 자신의 타고난 재질, 다른 사람은 도저히 따를 수 없는 그 재질을 몰라보거나 또는 대수롭지 않은 것으로 여기고 엉뚱한 곳을 찾아 헤매는 사람들이 있습니다. 또한 한 고비만 넘으면 성공과 영광이 기다리고 있는 마지막 순간에 자기 자신

을 포기해 버리는 사람도 많은 듯합니다. 너무 초
조한 생각을 가지고 성급한 결단을 내려서는 안
됩니다.
오늘 하루가 괴롭고 답답했더라고 차분하게 마음
을 가라앉히고 새롭게 밝아올 내일을 기다리는
것이 올바른 삶의 태도인 듯싶습니다.

봄은 온다는 소식도 없이 찾아와

한없이 넓고 한없이 맑고
한없이 푸르른 바다는 마음입니다.
그 바다를 그리워하는 마음으로 살고 싶습니다.
봄이 찾아오면 마음의 정원에
꽃나무 하나 심어야겠습니다.

사람들은 모두 마음속에 보물을 간직하고 있습니다. 인정이라는 것도 그 중에 하나일 것입니다. 인정이 없는 사람은 이 세상에 한 사람도 없을 것 같지만, 오늘 이 시대를 사는 사람들은 메마르고 인색한 마음으로 살아가는 것이 아닌가 하는 생각을 해 봅니다.

우리는 인정이라고 하는 아름다운 마음을 잊어버리고 살기 때문에 표정은 일그러지고 양미간에는 주름이 잡혀 가고 있습니다. 더욱이 우리의 생활은 거칠어지고 사회는 점점 어두워지고 있습니다. 그런 까닭에 나는 인정이 무엇인지를 다시 한 번 생각해 보게 됩니다.

내 생활을 훈훈하게 만들어 주고 우리의 사회를 명랑하게 꾸밀 수 있는 마음의 터전이 어떤 것이어야 할지 생각해 보고 싶은 것입니다.

'인심人心이 수심獸心' 이라는 말도 있기는 하지만 그것은 되풀이하기엔 너무나 무서운 말인 것 같습니다.

사람의 마음이 정말 짐승의 마음 같다면 사람 곁에서 사람이 어떻게 살 수 있을지 반문해 보지 않을 수 없습니다. 하긴 그러한 말이 있는 것을 보면 세상에 그런 사람이 없지는 않은 모양입니다. 요즘 주변에서 빈번히 발생하고 있는 살인극의 주인공들에게는 모두 그 표현이 들어맞는다고 해도 과언은 아닐 것입니다. 그러나 이 세상이 그런 사람들로만 가득 차 있다고 단정한다면 나는 전적으로 그 말에 찬성할 수 없습니다. 물론 세상에는 나쁜 사람이 많이 있습니다. 하지만 그와 반대로 세상에는 착한 사람 또한 많다는 것을 잊어서는 안 될 것 같습니다. 이것이 내가 인정이라는 말을 다시 생각해 낸 까닭인지도 모르겠습니다.

마음씨가 고운 사람, 인정에 사는 사람 또는 곁에 가면 어딘지 모르게 따뜻한 마음의 체온을 느끼게 하는 사람, 이런 사람들이 우리 주변에 있다는 것을 생각할 때마다 나는 마음이 즐거워지고 인생이 행복해지는 것을 느낍니다. 조금만이라도 따뜻한 인간미를 보여 준다면 우리의 삶은 활기를 띠게 될 것이라고 생각해 봅니다.

인간으로서 마음이 메마르고 인색하다는 것은 너무나 큰 슬픔이 아닐 수 없습니다. 나는 이러한 슬픔에서 헤어나기 위해서라도 '인정' 이라는 두 글자를 마음속 깊은 곳에 담아야겠습니다. 그리고 나의 인정이 진실하고 따뜻한 인정이기를 빌어야 할 것만 같습니다.

이것은 남에게 하는 말이 아니고 내가 나 자신에

게 하는 말이라고 해야 옳을 것입니다. 인정, 그
렇습니다. 내게는 사람다운 마음씨가 있어야겠습
니다.

나는 때때로 우정이라는 것을 생각해 봅니다. 친구란 무엇인가를 생각해 봅니다. 그러나 나는 끝내 우정이 무엇인지를 알지 못합니다. 친구가 무엇인지를 알지 못하고 돌아섭니다.

내가 우정이 무엇인지를 안다면 또 친구가 무엇인지를 안다면 내 인생은 좀더 아름다웠을 것입니다. 친구와의 사이가 좀더 향기롭고 가까웠을 것입니다.

우리는 대수롭지 않은 일 때문에 친구와 싸우는 일이 종종 있습니다. 가끔 우리는 벗과 말다툼을 합니다. 그리고 사소한 의견의 차이로 말미암아 서로 원수가 되는 경우도 흔히 볼 수 있습니다. 그런 것이 우정이라면 우리는 우정이라는 것을 다시 한 번 생각해 보아야 할 것 같습니다. 그런 것이 친구라면 인생은 너무 쓸쓸할 것 같습니다.

하찮은 일로 친구와 다툰 날은 몹시 우울합니다. 조금만 양보했더라면 괜찮았을 것을 대수롭지 않은 자존심과 고집 때문에 절친한 벗끼리 등지게 되는 날은 울고 싶도록 안타까운 마음이 듭니다. 서로 사랑하고 존경하던 친구를 잃는다는 것은 참으로 괴로운 일입니다. 사랑하고 존경하는 친구에게 버림을 받는다는 것은 더욱 괴롭고 안타까운 일이 아닐 수 없습니다. 조그만 이해 타산 때문에 깨어지는 우정은 진정한 우정이라고 할 수 없습니다.

나만을 생각하고 남을 생각지 못하는 마음에 는 우정의 싹이 있을 수 없습니다. 서로 존경하고 이해할 때에만 우정이 지속될 것입니다.

착한 친구, 의로운 친구가 그리워지는 밤이 있습니다. 이해 타산을 떠나서 사귈 수 있는 의로운

마음의 소유자가 사무치도록 그리운 시간이 있습
니다. 한 사람이라도 좋습니다. 의로운 친구를 가
진 사람은 진정 행복한 사람이라고 말할 수 있습
니다. 지금 나는 하는 수 없이 잡아 보는 손이 아
니고, 왈칵 치미는 뜨거운 사랑으로 마음속 깊숙
이 손 잡아 주는, 마음 착한 친구가 사무치도록
그리워집니다.

사회가 썩었으면 나만이라도 썩지 말아야 할 것입니다. 내가 일하는 기관, 내가 속해 있는 단체가 혼란스럽고 역겨워도 나만은 기어코 올바르고 단정하게 살아야 하겠습니다.

나는 하나뿐입니다. 그러나 이 하나가 사회를 구성하고 국가를 떠받들고 있는 기둥인 것입니다. 기둥 뿌리가 썩으면 아무리 좋은 기왓장을 덮은 집이라도 허물어지는 법입니다.

위대한 지도자를 가졌으되 그 국민들의 마음이 썩어빠진 나라와 사회는 다 망했습니다. 하지만 패륜을 일삼는 폭군 아래서도 정신이 살아 있는 국민들은 망한 일이 없었습니다.

오늘도 우리 주위에서는 많은 것들이 썩어 가지만 기어코 나만은 썩지 말아야 하겠습니다. 윗물이 흐린데 어떻게 나만 깨끗할 것이며, 세상이 그러한데 나 혼자 별 수 있나 하는 생각은 자멸自滅의 신호입니다.

의롭고 바르게 살아가는 데는 위 아래의 구별이 없는 것이라고 생각합니다. 나라는 존재는 하나입니다. 그러나 나 하나라고 적게 보아서는 안 됩니다. 앞서 말했듯이 나는 기둥이기에 이 기둥을 썩히지 말아야 합니다. 나 하나만이라도 썩지 말아야 한다는 것은 소극적인 발상이 아닙니다. 인간의 중량과 가치는 수효에 있는 것이 아니고, 인간다운 참됨에 있는 것입니다. 그러므로 썩어빠진 천명이 살아 있는 의인 한 사람의 무게를 따르지 못하는 것입니다.

당파 싸움과 관직을 얻으려는 뇌물에 눈을 뜨지 못하던 시절, 한 사람 송죽 같은 충무공이 국난을 이겨 냈던 역사를 나는 잊을 수가 없습니다.

만일 이 나라가 썩어 넘어졌다고 단정한다면, 그
것은 내가 썩었기 때문이라고 자백해야 합니다.
내가 속해 있는 어느 단체, 어느 기관이 부패되어
넘어졌다면, 그것은 내가 부패하였기 때문이라고
고백해야 합니다.
나 하나를 소홀히 해서는 안 됩니다. 부패에 물들
지 말아야 합니다. 나만은 더러워지지 말아야겠
습니다.

'밤이 어두웠으니 새벽은 가까이 왔다' 라는 말이 성경에 있습니다. 어쩌면 우리에게는 벌써 새벽이 왔는지도 모르겠습니다. 어둠은 가고, 찬란한 아침이 햇빛과 함께 우리 주변을 밝히고 있는 것인지도 모르겠습니다.

하지만 그런 아침은 다시 밤이 될 수도 있습니다. 밝음은 다시 어둠에 가리워질 수도 있는 것입니다. 아침이 왔다는 기쁨 때문에 이성마저 잃고 만다면, 그것은 너무나 큰 잘못이 아닐 수 없습니다. 한때의 즐거움만을 생각하고 장래를 내다볼 줄 모르는 근시안적 사고를 지닌다면, 우리는 불행을 면치 못할 것입니다.

이와 같은 생각을 자주 하게 되는 까닭이 어디 있는지를 나는 살펴보곤 합니다. 우리가 찬양하던 기쁨의 노래가 슬픈 비가가 될까 봐 두려워지는 것입니다.

우리가 기뻐하던 웃음이 울음이 될까 무서워집니다. 물론 이것은 나의 노파심이기를 바라지만, 지금 같아서는 앞날이 우려된다는 것을 고백하지 않을 수 없습니다.

지금은 우리 모두가 조용히 이성적으로 행동해야 할 때, 냉철히 자기를 뒤돌아보아야 할 때입니다. 흥분을 가라앉히고 차분하게 생각해야 할 것입니다. 언제나 이성을 잃은 행동은 불행을 가져오기 때문입니다.

'아는 길도 물어 가라'는 말이 있듯이 그렇게 앞날을 설계해 보는 것이 어떨까 하는 생각도 해 봅니다. 어두웠던 밤은 물러가고 곧 새벽이 밝아올 것 같습니다.

강물은 흘러 흘러 어디로 가나
넓은 세상 보고 싶어 바다로 간다.

나는 어린아이들이 부르는 이 동요를 들을 때마
다 너무 좁은 세계에 살고 있는 나 자신을 생각해
봅니다. 너무나 비좁은 나의 마음을 들여다봅니
다. 아집과 이기심에 얽매인 인간의 서글픈 모습
을 떠올려 봅니다.
조금만 더 우리들의 마음과 또 우리들의 생각을
넓힌다면 얼마나 우리의 생활이 명랑해질까 하고
생각해 보기도 합니다. 생각이 좁은 탓으로, 마음
이 너그럽지 못한 까닭으로 일어나는 비극이 너
무나 많기 때문입니다.
나는 넓은 세상이 보고 싶습니다.
넓은 마음의 소유자가 부러워집니다. 하늘처럼

넓은 마음과 바다처럼 깊은 생각으로 인생을 살고 싶어집니다.

마음의 울타리를 헐고 맑은 공기를 마시고 사는 생활이 나는 못 견디게 그립습니다. 내가 마음의 문을 활짝 열어 놓고 사는 날이 오면 하늘도 바다도 우주도 나의 것이 될 것입니다.

언제나 나는 내 자신이 관대해지기를 바랍니다. 너그러워지기를 빕니다. 사랑과 너그러움으로 친구를 대하고, 사회를 대하는 나 자신이기를 무엇보다 바라고 있습니다. 그렇지 못할 때 나는 우울해질 수밖에 없습니다. 그리고 나 자신을 미워할 수밖에 없습니다.

나는 고요한 침실에서 '넓은 세상 보고 싶어 강물은 흘러 흘러 바다로 간다' 는 강의 물줄기를 눈앞에 그려봅니다.

쉬지 않고 흐르는 강물의 끊임없는 흐름을 느끼
며 누워 있습니다. 그 물소리가 들려오는 듯한 밤
입니다. 잔잔하게 그리고 때로는 거세게 흐르는
물소리, 어느 새 내 마음은 물소리에 젖는 듯합
니다.

　　강물은 흘러 흘러 어디로 가나
　　넓은 세상 보고 싶어 바다로 간다.

아무리 들어도 싫지 않은 노래입니다. 큰 목소리
로 따라 부르고 싶은 노래입니다.
넓은 세상이 보고 싶어서 나도 바다로 나가야겠
습니다. 물결이 출렁이고 갈매기가 날아 다니는,
하늘과 맞닿는 수평선에 흰 돛이 보이는 바다로
나도 가야겠습니다.

봄은 우리에게
꽃을 실어 옵니다.
봄은 우리에게
꽃 향기를 날려 옵니다.
봄은 우리에게
새 희망을 불어 넣어 줍니다.
양지쪽 언덕에는 봄이
꽃을 마련하기에 분주합니다.
양지쪽 어느 언덕에는
큰 사태가 벌어지고 있습니다.
봄은 온다고 고함도 없이 왔습니다.
봄은 온다는 소식도 없이 왔습니다.
그러나 봄은 산과 들을
초록으로 바꾸어 놓을 것입니다.
생명 있는 나무들은 잠에서 깨어나

향기로운 꽃을 피울 것입니다.
가로수 그늘을 거닐어 봅니다.
아지랑이가 피어 오르고 있습니다.
가로수들은 새싹을 틔우려고
표정을 바꾸고 있습니다.
오가는 사람들의 발걸음도
한결 가벼워진 듯합니다.
하지만 사실은 그렇지 않습니다.
내 집 뜨락에는 꽃 한 송이 없는
쓸쓸함 그대로입니다.
봄은 와도 봄이 깃들 곳이,
내 집 뜨락에는 마련되어 있지 않습니다.
봄이 꽃을 피울 꽃나무 한 그루 없는
나의 정원은 너무나 적막합니다.
나의 집 정원에는

꽃들이 조금은 있어야 하겠습니다.
방엔 약간의 책들도 있어야겠고……
집은 작아도 뜰은 넓고
무성한 나무 그늘도 있어야 하겠습니다.
때때로 아내는
새보다도 고운 목소리로 노래를 합니다.
새들의 노래에 맞춰……
맨 처음 나뭇잎 사이로 즐겨 바라보고 있던 새가
아내의 목소리에 반해
돌담 위에 앉았습니다.

이 작은 집, 이 넓은 뜰,
얼마 안 되는 황금,
이 사랑스런 배우,
거기다 몸은 튼튼하고 마음은 편합니다.

나는 윌리엄 데이비스의 이 시를 읽으면서 나의
집과 나의 생활을 생각해 보곤 합니다.
이 작은 집, 얼마 안 되는 월급을 가지고도 즐거
운 마음으로 살 수 있는 방법은 없는 것인가를 생
각해 보는 것입니다.
나는 가끔, 집 뜰 안에는 꽃이 없으나 마음의 정
원에는 꽃들이 조금은 있어야겠고, 집은 작아도
뜰은 넓고 무성한 나무 그늘도 있어야겠다는 생
각을 하면서 혼자 미소짓곤 합니다.

바다를 그리워하는 마음, 어쩌면 이것은 산을 그리워하는 마음과 같은 것인지도 모릅니다. 그러기에 나는 산을 그리워하는 마음으로 바다를 그리워하고 있습니다.

나는 어렸을 적에 바다 가까운 곳에서 살았습니다. 때문에 나는 언제나 바다에 대한 향수를 품고 있습니다.

고향이 그립듯이 나는 바다가 그립습니다. 아침저녁 흰 모래사장에 철썩이는 파도 소리가 그립습니다.

청년 시절을 선원으로 보낸 후 시인이 된 존 메이스필드의 〈서반아의 바다〉라는 시를 읽으면서 나는 다시 그리운 바다를 생각합니다.

서반아의 바다.

서반아의 바다는 내 귀 밑에서 물결치고 있습니다.

회색의 잊어버린 세월로부터
가만히 들리는 경쾌한 음악처럼
곡조를 띤 옛이야기를 말하며
므엘드스 모래 기슭의 피로하던
추억을 가져다 줍니다.
아아, 거기 한 번이라도 더 가고 싶습니다.

물결치는 파도는 로스 므엘드스에 부서져
그 소리 끊이지 않고
우리가 닻을 내리고
상륙한 것도 거기였습니다.
부러진 나무 뿌리 사이에 밀려 올라 온 수의壽衣
인 양 푸른 호수는 잠자코 말이 없습니다.
저녁 해가 빨갛게 기우는 무렵
나는 로스 므엘드스에 닻을 내렸습니다.

난바다로 만 마일 니그로 행의 서쪽에 배를 두고,
밤 안개가 암초를 가리기 전
해가 아주 넘어가기에 앞서
얻은 금덩이를 가지고
므엘드스에 상륙했습니다.

존 메이스필드가 서반아의 바다를 그리워하듯,
나는 나의 고향 바다를 그리워합니다. 웬일인지
오늘 따라 고향의 파도 소리가 더욱 그리워집니
다. 잔잔한 물결과 함께 울어 대는 갈매기가 보고
싶어집니다. 푸른 수평선에는 흰 구름이 뭉게뭉
게 떠오르고, 바다를 오가는 흰 돛단배가 이루 말
할 수 없이 나의 마음을 끌어당깁니다.
오늘도 내 귀 밑에서 물결치는 바다는 나의 먼 옛
날을 기억나게 합니다. 가만히 들리는 음악처럼

바다는 나에게 무엇을 속삭이고 있습니다.
그리운 고향의 바다! 나는 눈을 감고 가만히 되뇌
어 봅니다.

저 끝없는 바다 위에, 달은 은빛의 비늘을 흩뿌리고 있습니다. 잠시도 가만히 있지 못하는 물결은 제법 점잖게 요동을 계속합니다. 달도 안고, 별도 안은 바다는 하늘처럼 깊습니다. 흰 모래에 부딪치는 저 파도는 어느 선녀의 몸부림인 듯싶습니다. 견우직녀를 속태우던 저 하늘의 은하수가 바닷속에 잠기웠습니다. 눈물이 흘러 바다가 되었어도 시원치 않을 그 슬픔이기에, 오히려 견우와 직녀는 용궁 속에 잠들어 버린 것인지도 모르겠습니다.

산도 언덕도 없이 탁 트인 저 수평선이 한없이 마음에 들어 나는 어려서부터 바다를 좋아했습니다. 바다 위에도 바다 속에도 하늘이 있는, 이 신비로운 바다가 나는 좋았습니다.

바다는 마음입니다. 마음은 바다입니다. 한없이

넓고, 한없이 맑고, 한없이 깊고, 한없이 푸르른
바다는 곧 마음인 것입니다.
무거운 침묵 속에서도 바다는 살아 움직입니다.
저 장중한 움직임을 보십시오. 그리고 저 생동하
는 향연의 소리를 들어 보십시오. 바다는 정말 살
아 있습니다. 바다 같은 마음, 마음 같은 바다는
살아 움직입니다.
바다가 죽었다고 생각지 마십시오. 마음이 죽었
다고 생각지 마십시오. 바다 같은 마음, 그래도
사람의 마음은 아직 죽지 않고 살아 움직이고 있
습니다. 바다 같은 한국의 마음이 살아 있습니다.
바다 같은 민족의 마음이 생동하고 있습니다. 바
다 같은 청춘의 마음도 살아 요동치고 있습니다.
말없는 저 무거움을 보십시오. 유순해서만도 아
닙니다. 무지해서만도 아닙니다. 입에는 말이 있

으되 말다운 말을 들려 줄 대상이 없습니다. 말다운 말을 할 수 있는 곳이 없으므로 오직 살아 침묵으로만 항거하고 있는 것입니다.

바다에는 천사가 있습니다. 바다의 천사는 갈매기입니다. 바다의 천사는 바다의 마음을 알아줍니다. 그러므로 갈매기의 울음은 언제나 구슬프기만 합니다. 이제 우리 바다의 마음을 이해하고 갈매기가 우는 저 적막 속에 잠기어 봅시다.

바다 같은 마음, 그 넓고 깊은 마음을 배워 하늘을 안고 싶습니다. 별을 안고 싶습니다. 달을 안고 싶습니다. 그리고 바다의 저 깊은 곳에 귀기울여 봅시다.

낮이 가면 밤이 오고, 밤이 가면 낮이 오고, 이렇게 해서 세월은 흐르고 있습니다. 겨울이 가면 봄이 오고, 봄이 가면 또 여름이 올 것입니다. 여름이 가면 가을, 겨울 이렇게 올 한 해도 저물 것을 생각해 봅니다.

세월이란 정말 빠른 것인가 봅니다. 시간은 아주 짧은 순간도 멈추지 않습니다. 어제의 나는 벌써 오늘의 내가 아니고, 오늘의 나는 내일의 나일 수 없습니다. 눈에 보이지는 않으나, 흘러가는 시간 시간마다 나의 모습이 변해 가고 있는 것입니다.

근래에 나는 날씨가 추운 탓인지 아침에 출근했다가 저녁에 돌아오는 것밖에는 책 한 페이지를 읽지 못하고 맙니다. 바깥 바람이 차갑기 때문에 집에서는 앉아 있는 시간보다 누워 있는 시간이 더 많아졌습니다.

 소중한 사람에게 주고 싶은 책

나는 엎드려서 간신히 신문을 읽다가 잠이 들거나, 그러지 않으면 라디오에 귀를 기울이다가 지나치게 피로하지 않은 시간에 독서를 하는 것이 일과처럼 되고 말았습니다.

이런 생활이 계속될수록 나는 봄을 생각하게 됩니다. 어느 강변의 잔디밭에 뒹굴면서 독서할 수 있고, 가끔씩 먼 산을 바라보면서 책도 읽을 수 있는 봄의 풀밭을 눈앞에 그려보는 것입니다.

보내지 않아도 세월은 가고, 기다리지 않아도 봄이 온다는 것은 기쁜 일입니다. 때문에 헛되이 흐르는 세월을 한탄하면서도 나는 봄을 기다리고 있습니다.

이렇게 마음 졸이며 어서 봄이 오기를 애타게 기다리고 있는 것입니다. 봄이 와야 겨울 동안 닫아 두었던 창을 열고 나는 먼 산과 먼 하늘을 바라볼 수 있을 것이기 때문입니다.

낮이 가고 밤이 옵니다. 하루의 일을 끝내고 나면 편안한 쉼터인 밤이 날개를 펩니다. 이렇게 오늘이 가면 또 내일이 올 것입니다. 올해가 가면 또 다음 해가 살아 있는 사람들에게 대지를 마련해 줄 것입니다.

시간은 일각을 멈추지 않고 흐릅니다. 인생도 그러합니다. 오늘의 나는 벌써 어제의 내가 아닐 것이며, 내일의 나는 오늘의 내가 아닐 것입니다.

내 마음의 창을 열고

오늘 밤 별과 달과 하늘이 무척이나 아름답습니다.
그것들을 바라보면 잃어버린 옛 꿈을 다시 찾고 싶어집니다.
이제 마음의 창문을 열어야겠습니다.

인간은 태어날 때 아무것도 담겨져 있지 않은 빈 그릇이었습니다. 가지고 있는 것도 없었고, 요구하는 것도 없었습니다. 그리고 인생의 시작은 아무런 그림도, 글씨도 써 있지 않은 백지와도 같았습니다. 그러나 이제는 그 빈 그릇에 무엇을 담고, 그 흰 종이에 무엇을 쓸 것인가가 중요한 일이 되었습니다.

소크라테스는 흙으로 돌아갈 육체의 그릇 속에 진리를 담았기에 그 영혼의 빛이 영원해진 것이며, 네로 같은 폭군은 육욕과 죄악의 뜻만을 그 마음에 간직했기에 오랜 세월 동안 저주받고 버림받는 인간이 되어 버린 것입니다.

모든 인간들은 나면서부터 빈 그릇으로 출발하였던 것입니다. 그러나 살아가면서 무엇으로 삶의 빈 그릇을 채우는가에 따라서 일생은 결정되는

것이며, 사회와 역사가 그 삶의 가치와 의의를 평
가하게 되는 것입니다.

우리들의 생이 끝난 뒤에 영원한 심판이 있다면,
그것 역시 삶의 그릇 속에 담겨진 일생의 내용에
의하여 결정되는 것이 아니겠습니까. 우리들의
생의 그릇은 하나밖에 없습니다. 거기에는 서로
반대되는 두 가지를 담을 수는 없는 것입니다. 그
것은 하나도 되지 못하며 둘이 되지도 못하기 때
문입니다.

논리학자들은 둥근 사각형을 생각할 수가 없습니
다. 마찬가지로 참다운 삶은 그 마음속에 서로 합
칠 수 없는 형식과 내용을 함께 간직할 수가 없는
것입니다. 만약 그 둘을 함께 간직한다면 그것은
깨어지고 갈라져서 마침내는 무의미한 삶이 되기
때문입니다. 여기에서 우리는 선택의 필요성을

느끼게 되며 자기 자신의 생을 위한 결단이 필요
하게 되는 것입니다.

한 번도 자아의 참된 삶을 위하여 선택도 반성도
결단도 내린 적이 없다면, 그야말로 우리들의 마
음의 그릇은 무가치한 것들로 가득 차게 될 것입
니다.

그러면 우리는 우리들의 참된 생을 위하여,우리
들의 텅 빈 마음의 그릇을 채우기 위하여 어떻게
할 것이며, 또 무엇을 선택했으면 좋겠는가를 생
각해야 할 것입니다.

사람들은 오직 하나인 마음의 빈 그릇 속에 무엇
을 간직하려고 하는 것입니까. 세상 사람들의 마
음의 그릇은 대부분 황금으로 채워져 있습니다.
부富에의 욕망, 황금에 대한 집착으로 가득 차 있
습니다. 그렇지 않은 사람들은 세상의 명예와 영

광으로 자기 마음을 채우고 있습니다. 그래서 우
리는 어디서나 인간들의 마음에서는 참된 이상을
발견하기 어려웠던 것입니다.

지금은 별들도 소리 없이 반짝이는 조용한 밤, 하루의 생활을 마무리하는 엄숙한 시간입니다. 모든 세상이 잠들기 전, 나는 은하수 물결의 자장가를 들으며 오늘 하루의 내 생활을 고요한 마음, 구김 없는 마음으로 되돌아봅니다.

웃음과 눈물이 있었습니다. 사랑과 미움도 있었습니다. 그런데도 지나가 버린 시간이 언제나 아름답게 생각되고, 아쉬워지는 것은 왜일까요. 아마도 과거라는 이름에는 슬픔이 존재하지 않는가 봅니다.

'우리는 같은 물에 두 번 들어갈 수 없다.' 이것은 고대 그리스의 철학자 헤라클레이토스의 말입니다. 모든 것은 변하고 흘러가 버립니다. 시냇물엔 언제나 새 물이 흐르듯 낡은 것은 지나가고 새 것이 옵니다.

‘이웃을 네 몸처럼 사랑하라’ 던 예수의 사랑도, ‘나의 애인은 인류다’ 라고 우주애를 말하던 소크라테스도, ‘동족이면 한없이 용서할 수 있다’ 고 애기하던 백범의 동족에 대한 사랑도 못 다 이룬 슬픔을 안은 채 이 길을 갔습니다.

깊은 밤 귀뚜라미 울음 소리는 가을이 왔다는 자연의 소리입니다. 그 때는 여기저기 흩어진 쓸쓸한 낙엽이 발 아래에서 속삭입니다. 또한 산 밑에 그늘이 지고 황혼이 저녁을 알리면 어둠이 태양을 감추어 버립니다. 우리의 인생에도 황혼이 깃들고 어둠이 내려앉을 때가 있습니다. 머지않아 그것은 아무도 모르게 옵니다.

우리는 모두가 흙으로부터 나와 흙과 함께 살다가 흙으로 돌아가야 하는 애처러운 목숨들입니다. 그런데도 우리는 영원히 살 것처럼 생각하고 행동하며 살아가고 있는 것 같습니다.

지금 우리는 잘못이 있어도 뉘우칠 줄 모르고, 사랑이 없어도 슬픔을 모르며, 양심을 잃어버리고도 다시 찾을 줄을 모릅니다.

사실, 세상을 바르게 살아간다는 것이 그렇게 쉬운 일만은 아니지만, 어려우면 어려울수록 그리고 힘이 들면 힘이 들수록 더 애써 구해야 하는 것이 올바른 삶의 자세입니다.

뉘우치는 생활, 사랑하는 생활, 빛이 있는 생활. 거기엔 웃음이 있고, 만족이 있고, 그리고 끝없는 행복이 따릅니다.

지금은 못 견디게 괴로웠던 하루의 피곤을 잊어버릴 시간, 명상의 시간입니다.

당신의 하루에는 부끄러움이 없었습니까. 친구에게 실망을 준 일은 없었습니까. 우리가 앞서 간 숱한 사람들을 미워하듯이 뒤따라오는 많은 사람들에게 불행을 주어 미움을 사는 잘못은 없었습니까.

연못에 고인 물에선 악취가 나더라도 그 곳에서 피는 연꽃은 깨끗하고 향기가 있습니다. 세상이 썩고, 사회가 혼란해지고, 내일 당장 죽음의 순간을 맞이하더라도 우리는 깨끗하고 아름답게 살아가야 하겠습니다. 그리고 참된 인생의 길을 걸어야 하겠습니다. 우리가 죽어 땅에 묻히는 그 시간까지 부끄러움이 없는 삶이 되도록 바른 길을 선택하여 깨끗한 인생의 길을 가야 하겠습니다.

인간은 누구나 제 힘껏 살아가고 있습니다. 물
론 그러해야 할 것입니다.
인생의 끝에 다다랐을 때 내가 무엇을 이루었느
냐 하는 것보다도, 과연 내가 최선을 다해서 살았
느냐 하는 것이 더욱 큰 문제이기 때문입니다.
비록 내가 세상에서 실패한 인간이었다고 할지라
도 최선을 다했다고 자신있게 말할 수 있을 때,
그의 영혼 속에는 영원히 반짝이는 별 하나 자리
할 수 있을 것입니다.

나에겐 봄이 오면 창 밖을 내다보는 버릇이 있습니다. 새로운 희망과 기쁨이 찾아올 것만 같은 생각에서 나는 창을 열고 밖을 내다봅니다. 그 희망이 화려한 봄빛을 타고 내려와 가슴에 안길 듯한 생각에 나의 가슴은 두근거립니다. 막연한 기다림인지는 모르나 나는 무엇보다 먼저 봄을 기다립니다. 꽃과 나비, 따스한 햇볕의 부드러운 손길, 그 모든 것이 나의 마음에 가득 차서 넘치게 되는 것입니다. 봄이 되면 나는 숲에서 지저귀는 새소리에 귀를 기울이며, 녹색의 골짜기마다 흘러 내리는 맑은 물소리에 가슴을 적시며, 내가 기다렸던 봄이 비록 나의 현실에 내가 만족할 만한 해답이나 해결을 가져오지 못할지라도, 그 밝은 햇빛 아래 우울한 생각들을 떨쳐 버리고 나는 봄의 아름다움에 만족할 것입니다. 어떤 사람은 눈을 들어 산을 보라고 했습니다. 괴로운 사람들은 눈을 들어 산을 보라고, 외롭고 쓸쓸한 사람도 눈을 들어 산을 보라고 그는 말하고 있습니다. 나는 가슴이 답답할 때마다 고개를 들어 하늘을 바라보기도 합니다. 고독해지면 나의 마음은 더욱 하늘과 산과 들을 향해서 열려집니다.

햇볕은 따스하고
하늘은 개어 맑은데
파도는 눈부시게 반짝이며 춤을 춥니다.
푸른 섬, 눈 덮인 산
한낮은 짙은 푸르름에 녹고
이슬진 대지의 가는 숨결은
아직 움트지 않은 풀싹을 휘감습니다.
기쁨을 노래하는 많은 소리같이

바람 소리, 새소리, 파도 소리.

이것은 실러의 〈노래〉라는 시의 첫부분입니다.
눈 내리는 겨울이 지나가고 봄이 오면 대지는 따
스해지고 하늘은 맑게 개일 것입니다. 기쁨을 노
래하는 많은 소리들이 들려올 것입니다.
나는 그 때 내 마음의 창문을 열고 먼 산과 먼 하
늘을 바라볼 것입니다.

백두산에서 떨어지는 물줄기는 지극히 적은 몇 센티미터밖에 안 되는 사이를 두고 동과 서로 갈라집니다. 그러나 그 물줄기는 마침내 흐르고 흘러서 동해와 서해로 나뉘어 제각기 흘러 갑니다.

우리들의 생활도 때로는 아주 작은 일에서 갈라지고 있습니다. 그것에는 다만 선과 악의 작은 차이가 있을 뿐입니다.

한 책상에서 함께 배우던 두 사람이, 하나는 인류의 공인이 되는 반면, 또 하나는 자기 자신의 힘으로 생활하지 못하고 남의 힘을 빌거나 또는 사회에 의지하여 살아가는 사람이 되는 경우를 우리는 종종 보게 됩니다. 즉, 한 사람은 계속적인 노력으로 뛰어난 지덕을 겸비한 사람이 되고, 또한 사람은 지나친 나태함으로 사회에 아무런 도움도 되지 못하는 쓸모없는 사람이 되는 것입니다. 우리는 이러한 인생의 갈림길에 대해서, 그리고 좋은 인생길로 접어들 수 있는 방법에 대해서 생각해 보지 않을 수 없습니다.

그것은 내 마음과 생활이 선을 택하는가 악을 택하는가에서 시작됩니다. 선을 택하여 동쪽을 향하고 악을 택하여 서쪽을 향한다면, 비록 같은 곳에서 출발한다고 하지만 인생의 방향과 목적은 완전히 달라지게 되는 것입니다.

그러므로 우리들은 무엇보다도 먼저 나의 생활 속에서 오늘 선을 찾았는가 아니면 악을 찾았는가 뒤돌아보아야겠습니다.

우리의 인생을 구별짓는 것은 근면과 게으름이라고 생각합니다. 비록 서로가 똑같이 어떤 목적을 세우고 인생길을 떠났다 할지라도 근면과 나태에

의하여 결국은 앞뒤의 차이가 생기게 됩니다. 처음에는 적은 차이가 있을 뿐이지만, 그 적은 차이가 합치고 합쳐져서 마침내 뒤따를 수 없는 거리를 만들고 마는 것입니다.

먼저 우리는 방향을 선택하고 그 다음에는 부지런함이라고 하는 아름다운 덕행을 우리 것으로 만듭시다. ‘선한 일에 부지런하라.’ 이것은 변할 수 없는 진리이며, 우리들의 생활 지표가 되어야 하겠습니다.

달빛 은은한 밤, 나는 눈부신 별들을 바라보며 숲길을 거닐고 있습니다. 조용한 달빛에 마음이 자꾸 벅차오는 듯한 흐뭇하고 즐거운 밤입니다. 때묻은 영혼을 깨끗이 씻어 주는 것 같습니다. 나는 밤의 아름다움에 새삼스레 놀라며, 낮에 비해서 밤은 그 얼마나 찬란한 것인가 하고 생각합니다. 만나는 사람도 없이 거니는 밤길에서 나는 아름다운 꿈을 지녀 보는 것입니다. 인간이란 누구나 허기진 외로움과 설움, 그리고 남 모르는 그리움을 지니고 사는 것 같습니다. 그러므로 우리는 언제나 배고픈 존재입니다. 진리에 굶주리고, 사랑이 메마른 우리의 영혼은 갈증에 허덕이고 있는 것이 사실입니다.

많은 사람들이 집을 잃고 헤매이며, 또 젊은이들은 사랑을 찾아서 거리를 방황하는 것이 우리의 현실임을 부인할 수 없습니다. 나는 이러한 생각을 하면서 밤길을 거닐고 있습니다.

언제나 보는 달이요, 언제나 보는 별과 하늘이건만 오늘 밤의 별과 달과 하늘은 유난히 아름다워 보입니다. 나는 그 하늘과 별과 달을 바라보면서 잃어버린 옛 꿈을 다시 찾았습니다. 저렇게 둥글고, 저렇게 아득한 달빛처럼 나의 이지러진 마음 속에 떠오르는 이상적인 달빛을 바라보고 있습니다.

기쁨과 아름다움 속에 되돌아오는 나의 꿈, 그것은 희망과 용기에 찬 아름다운 빛이 아닐 수 없습니다. 진정한 삶의 의미를 찾기 위해서 나는 새로운 꿈을 마련해야 했던 것입니다.

한 사람의 과거가 완전히 사라져 없어질 수 없듯이 나는 나의 꿈이 사라지지 않을 것을 믿으며,

숲길을 홀로 거닐고 있습니다. 오늘은 웬일인지 밤이 늦도록 잠이 오지 않습니다. 머리맡 유리창으로 달빛이 쏟아집니다. 이 서글픈 세상에 그래도 아름다운 꿈을 잃지 않는 사람들을 생각해 봅니다. 언제나 아름답고 깨끗한 꿈을 버리지 않는 많지 않은 사람들을 기억합니다. 지나간 날의 즐거웠고 또 행복했던 추억을 더듬어 앞날의 새로운 꿈을 꾸어 봅니다.

나는 지나간 한 해 동안 내 생의 고달픔으로 인하여 주변에 있는 많은 사람들에게 얼마나 많은 괴로움과 아픔을 주었는지 잘 알 수 없습니다. 사랑해야 할 사람에게는 미움을 가졌었고, 아끼고 보호해야 할 사람에게는 멸시와 무관심으로 일관했고, 공경해야 할 어른들께는 무례하게 구는 등 실로 부끄러운 일 년이었습니다. 그러나 새해에는 내 주변에 있는 사람들을 사랑하기 위해 노력할 것입니다. 온 집안 식구들과 친척, 그리고 이웃에게 마음 흡족하게 사랑을 쏟아 보렵니다. 내가 존경하는 어른들을 공경하며 살아 보렵니다.

돈이 없다고 해서 사랑하지 못할 까닭은 없습니다. 더욱이 시간이 없어서 사랑하지 못할 이유는 없습니다. 가난하고 바쁘다고 하여 인생의 가장

큰 의무요 사명인 사랑을 실천하지 못한다는 것
은 부끄러운 일입니다.

오히려 외롭고 어려울 때 인간의 애정은 가장 순
수하게 표현되고 사랑의 참맛이 드러나는 것입니
다. 호의호식하는 생활 속에는 질투와 반목이 있
을지라도 초가삼간에 사는 사람에겐 오히려 인간
애와 뜨거운 사랑이 얽혀 있는 것입니다. 내 자신
의 괴로움 때문에 이웃을 사랑하지 못하였다는
것은 한낱 핑계에 지나지 않습니다.

언젠가는 이 세상 모든 것이 아침 안개같이 헛되
이 사라질 것이지만, 사람과 사람 사이의 뜨거운
정은 영원할 것입니다.

아무리 일이 바빠도 먼저 사랑은 하고 살아야 하
며, 비록 가난할지라도 넉넉한 마음을 잃지 말고
나보다 못한 이웃을 위해 따뜻한 사랑을 나누며

살아야겠습니다.
나는 이 한 해를 오직 사랑하는 삶으로 채워보려
고 합니다.

깊은 밤, 울고 싶도록 추억이 그리워지는 마음이 있습니다. 나는 수줍은 소녀의 마음이 되어 무릎 위에 머리를 묻고, 그리움과 의혹과 독백 속에서 내일을 그려 보곤 합니다.

오늘처럼 미워질 또 하나의 하루, 그렇지만 이 밤이 지나가면 받아들일 수밖에 없는 내일. 서글프기만 한 우리의 현실 때문에 이 밤 나의 마음은 쓸쓸함에 빠져 웁니다.

나는 어떤 세계에 존재하고, 왜 이 곳에 있는지, 그리고 그 세계란 것은 도대체 무엇인지, 또 나를 이 세계에 보낸 사람은 누구이며, 그는 어디 있는지를 막연하게나마 생각해 보기도 합니다.

"나는 무슨 이유로 사람들이 현실이라고 부르는 것과 관계해야만 하는 피할 수 없는 운명에 처해 있단 말인가." 시대에 절망한 나머지 자신의 고독하고 괴로운 마음의 상태를 토로한 키에르케고르의 말처럼, 현실은 너무 힘에 겨워 감당하기가 어렵습니다.

그렇지만 모든 것이 어쩔 수 없는 삶의 일부분이며, 정녕 버릴 수 없는 생명이기에 더는 깊이 생각하고 싶지도 않습니다.

네가 살면 내가 죽고, 내가 살면 네가 죽는다는 숨가쁜 현실 속에서 어떻게 살아가야 할 것인가가 오늘 우리에게 주어진 삶의 문제인 것 같습니다.

"사느냐, 죽느냐, 이것이 문제로다." 당장이라도 자신을 삼켜 버릴 듯한 물결을 내려다보면서 바위를 붙들고 고민하는 햄릿의 괴로움을 우리에게 던져 주고 있는 이 현실을 어떻게 받아들여야 한단 말입니까. 살고 싶다고 외치는 저 세기말적인 삶의 넋두리가 오늘도 우리의 마음을 울리고 있습니다.

여기 이 세상과 맞서다 차마 견딜 수 없어 쓰러진 한 생명이 있습니다. 여기 웃음을 팔며 내일을 사는 낙엽 같은 서러움이 있습니다. 하지만 모두가 어쩔 수 없는 인간 조건들입니다.

이 밤, 우리에겐 이처럼 현실의 부조리가 무겁게 느껴지는 마음이 있습니다. 그렇지만 깊고 고요한 이 밤은 우리에게 어둡고 슬픈 마음만 주는 것은 아닙니다. 웃음과 눈물이 모두 말라 버린 현대인의 감정을 다시 불러 일으켜 주고, 꿈을 잃어버린 텅 빈 마음의 공허함을 메워 주기도 하는 고마운 시간이기도 합니다.

내일이 결코 오늘의 연장이 될 수 없는 것처럼 오늘의 눈물, 오늘의 미움을 결코 밝아오는 내일까지 이어갈 수는 없는 것입니다. 슬펐건 즐거웠건 간에 이미 지나가 버린 옛 일을 다시 생각한다는 것은 정말 견디기 어려운 괴로움의 하나인 것입니다. '과거는 과거로 묻어 버려라. 그것이 내일에의 희망인 것이다.' 이런 말을 들려 주는 것 또한 밤이 주는 마음인 것 같습니다.

오늘이 불행했다고 내일마저 불행으로 꾸며져야 할 이유는 없습니다. 세상은 우리가 생각하는 것처럼 그렇게 나쁘게만 볼 것은 아닙니다. 슬픈 사람에겐 슬프게 보이고, 즐거운 사람에겐 즐겁게 보이는 것이 세상이라는 사실을 알아야 합니다. 이미 생명을 가지고 세상에 태어났다면 우리는 이 생활에 충실해야 합니다. 과거의 슬픔을 붙들고 있으면 내일의 행복을 꾸밀 수 없습니다. 다가오는 내일을 위해서 깨끗이 과거의 어두움을 잊어버리고 지금의 인생에 충실해야 하겠습니다.
우리는 육체적으로나 정신적으로나 최선을 다하
는 노력만이 인생의 가장 좋은 친구라는 진리를
잊지 말아야 하겠습니다. 내일의 멋진 꿈을 위해,
과거는 과거로 묻어 버리고 현재의 인생을 충실
히 사는 것, 그것이야말로 우리의 최고의 보람인
것입니다.

병상에서 신음하는 나의 친구들을 생각해 봅니다. 화재로 하루 아침에 재산을 잃고, 보금자리를 잃은 나의 이웃들을 생각해 봅니다. 내가 병들었을 때 나를 돌봐 주고 위로해 준 이들을 나의 기억에서 더듬어 봅니다. 지금은 생각할 시간입니다. 나 자신에 대해 생각해 보아야 할 시간입니다. 허위의 가면을 쓴 내가 아닌 진실된 나의 참 모습, 지금 나에게는 그것을 추구해야 할 시간이 고요히 찾아든 것 같습니다. 오늘 하루도 분주했습니다.

꼭 해야 할 일, 반드시 하지 않으면 안 될 일을 위해서 나와 당신은 오늘도 분주히 돌아다니고, 열심히 일했을지도 모르겠습니다. 이제 나는 그것을 다시 한 번 곰곰이 생각해 보아야겠습니다. 나는 오늘 하루도 너무나 많은 잘못을 저질러 놓은 것 같습니다. 많은 잘못을 은폐하고 남에게 변명하기에 급급했던 것 같습니다.

우리에게는 의식적으로 범한 잘못보다는 무의식적으로 행한 잘못이 더 많지 않을까요? 내가 남에게 하느라고 한 것이 오히려 남에게 피해가 된 적은 없었을까요? 내가 가장 진실되다고 생각할 때 오히려 나의 거짓을 발견한 경우는 없지 않았나요?

지금은 생각하는 시간입니다. 내가 남을 생각하는 것이 아니고, 내가 나 자신을 적나라하게 들여다보아야 할 고요한 시간입니다.

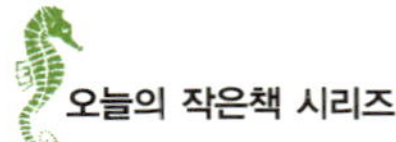

오늘의 작은책 시리즈

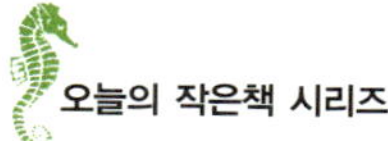

오늘의 작은책 시리즈

2-3 사람은 무엇으로 사는가
톨스토이 지음 | 나송주 옮김 | 240면 | 값 4,000원

2-4 오만과 편견
제인 오스틴 지음 | 금실 옮김 | 724면 | 값 6,000원

2-5 세르반테스 아포리즘
세르반테스 지음 | 신정환 엮음 | 172면 | 값 4,000원

2-6 칼릴 지브란 예언자
칼릴 지브란 지음 | 나송주 옮김 | 160면 | 값 4,000원